LE COVRRIER BVRLESQVE ENVOYÉ A MONSEIGNEVR LE PRINCE DE CONDÉ

Pour diuertir son Altesse durant sa prison, luy racontant tout ce qui se passa à Paris en l'année
1648. au sujet de l'Arrest d'Vnion.

SECONDE PARTIE.

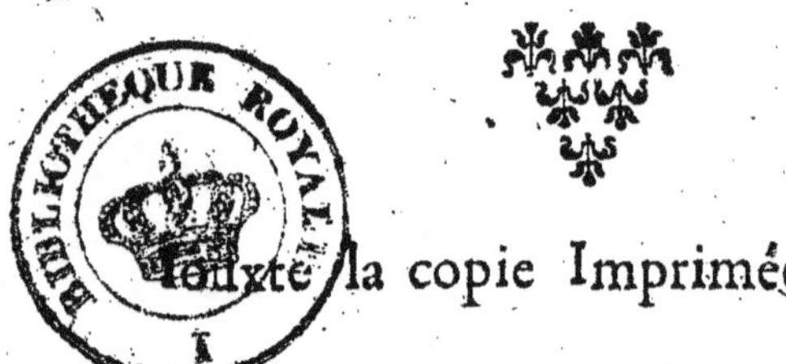

Ioüxte la copie Imprimée à Paris.

M. DC. L.

COVRRIER BVRLESQVE

ENVOYÉ A MONSEIGNEVR LE PRINCE DE CONDE,

Pour diuertir son Altesse durant sa prison, luy racontant tout ce qui se passa à Paris en l'année 1648. au sujet de l'Arrest d'Vnion.

SECONDE PARTIE.

QVoy donc, ie vous y prens
   encore,
Et vostre Altesse qu'Honore, a T
N'a peu sortir hors de ce lieu
Depuis que ie luy dis Adieu? a
Ie vous retreuue dans Vincennes
Prince si connu dans les plaines
De Rocroy, de Nortlingue & Lens,
Et vous ne iurez point céans?
Et vous n'innoquez pas le Diable?
O patience incomparable,
O constance digne d'vn Sainct
Que nous festions à la Toussainct:
O courage passe-heroïque,
Ô fermeté passe stoïque,
O vertu digne d'vn Bourbon !
Dame, vous aurez du bon bon
Apres vne action si rare.
C'a ma Muse qu'on se prepare
A faire rire ce Heros,
Cherchez tous vos plus plaisants
   mots,
Afin de charmer sa tristesse,
Et ioüez auec son Altesse
Au pied de Bœuf, aux Osselers,
Qu si ces ieux vous semblent laids,

Faites luy riribouillette,
La façon en est ioliette,
Que s'il s'obstinoit à refuer,
Vous luy direz, Il faut creuer,
Monseigneur, ou bien il faut rire
Des choses qu'on va vous descrire,
Cela dit, Muse soufflez moy.
  L'an que l'authorité du Roy
Se treuua courte dans les Halles
Et que quelques trois mille calles
Parlerent du Gouuernement
Selon leur petit iugement.
L'an que parmy nos brouilleries,
L'vnique pont des Thuilleries
Fut le pont fidel & loyal,
Qui tint pour le Palais Royal.
L'Vnion bien examinée
Le treize May de cette année
fut resoluë au Parlement
Et malgré tout l'empeschement
Qu'y mirent depuis les Ministres K
Elle est encor sur les Registres.
En voicy l'Arrest mot pour mot.
Le Parlement qui n'est pas sot

L'an 148

Arrest
d'Vnion.

i *Le iour des Barricades les Gardes ne furent mai-*
stres que de ce seul pont.

a *C'est le Courrier qui parle à Monsieur le Prince*
du voiage qu'il a desia fait vers son Altesse.

K *Par ce mot de Ministres, i'entens tousiours les of-*
ficiers du Conseil du Roy.

Et qu'il l'est moins encore ce semble,
Lors que tout son corps est ensemble,
Majeur, à jeun après conseil,
S'vnit auec le grand Conseil,
Cour des Aydes, Chambre des
    Comptes.
Prince, ce ne sont point des contes,
Deslors ils signerent entr'eux
Qu'en cas que quelque malheureux
De leur Corps vint à se respandre
Et conuertir sa chair en cendre,
Aucun ne luy succederoit
En la charge qui vaqueroit
Que ses heritiers & sa veufue.
N'eussent deuant dit ie l'appreuue,
Cét Arrest mit en grand esmoy
Tout le Priué Conseil du Roy.
Leur vnion qui le diuise,
Et dont desia chacun deuise,
Fait peur aux vns, aux autres mal,
Et bruit au Palais Cardinal,
Tout le mode en attend la suitte,
D'Emery médite sa fuite,
Craignant qu'en expiation
On ne l'immole à l'vnion
Comme la plus grasse Victime;
Cependant pour faire la frime
Et sans tesmoigner qu'il ait peur
Il inuente vn moyen trompeur
Pour rendre l'Arrest inutile
Et ne pas faire sitost gille.
Les gages qu'on auoit rayez.
Au lieu des prests tousiours payez
Par ceux des ; Cours Souueraines,b
Estoient cause de ces fredaines
Ce sembloit au sieur d'Emery,
Cela dit il n'est pas pourry,
Il ne faut que rendre leurs gages
Et publier a leurs dommages
Le droict Annuel reuoqué,
Ainsi ce n'est rien que troqué
Et par ce tour depasse passe
Leur vnion a de la casse.
Mais comme tout est casuel,
Encor que le droict Annuel
Fut reuoqué pour cette cause,

L'vnion, resta tousiours close,
Mesmes depuis, malgré les dents
De trois ou quatre Presidens
Qui firent des Ligues contr'elle,
Disans que ce n'estoit plus celle
Qui les auoit ensemble mis,
Tout les gages estant remis.
Ce qui presque en mesmes termes
A des Conseillers des plus fermes
Fut redit par le Chancellier
Qui tascha de les deslier
Mais il n'y fit que de l'eau claire,
On en vouloit au Ministère,
Et comme ils luy dirent tous plat,
Il falloit reformer l'Estat
C'estoit là toute encloüeure.
On voyoit des gens de roture,
Des Partisans plus gras que lard
Se coucher tost, se leuer tard,
Iusques au col dans les delices,
Par dessus les yeux dans les vices,
Et dessus la teste dans l'or,
Tandis que languissent encor
Tant de maisons qui vertueuses
N'ont pas du pain pour leurs dents
    creuses;
Tandis que l'on void d'indigens
Vn million d'honneste gens,
Que les Nobles sont à l'aumosne,
Et qu'ils font voir des dents d'vne
    aulne
Et certes ce dessein fut beau, a
Qui depuis est dans le tombeau
Et qui mourut à la mammelle,
Dieu luy doin la vie eternelle.
    Les Ministres espouuantez
De voir nos Messieurs a heurtez
A r'habiller de neuf la France,
On recours à la violence,
Et vont troubler dans leur sommeil
Deux Conseillers du grand Conseil
Qu'ils enleuent à main armée. b
La Cour en estant informée c

b Le grand Conseil, la Cour des Aydes, & la Chambre des Comptes.

a Le dessein de reformer l'Estat n'a point esté executé.
b Monsieur Turcan & Monsieur d'Argouge, furent pris la nuict.
c Par ce mot de Cour, i'entens tousiours le Parlement.

Se treuua d'auis differens
A chercher des expediens :
L'vn souftint qu'il falloit attendre
Que la Reyne deuint plus tendre
Et qu'elle eut le sang plus rassis ;
Cét aduis fut de cinq ou six.
L'autre remonstra que les Festes   d
Estans proches & toutes prestes
La Reyne se confesseroit :
D'autres dirent que non seroit,
Et qu'il falloit vn prompt remede :
Les plus zelez crioient à l'aide.
Monsieur de Mesme mesmément

Pressa l'Assemblée ardamment,
Disant, il faut qu'on delibere
C'est vne chose necessaire,
Puis que tout va de pis en pis,
On deschire nos beaux habits,
Nous n'en aurons plus pour les Fe-
stes
Qu'il faut estre en habits honnestes :
Ces deux Messieurs emprisonnez   e
Ces deux Confreres enchaisnez
Se plaignent de nostre paresse,
N'irons nous donc que d'vne fesse,
Non, Messieurs, il faut nous haster
Et treuuer moyen d'arrester
La suitte de ces violences.
Mais las ! ces belles remonstrances
Furent vaines pour cette fois,
Et l'Assemblée à haute voix
Remise apres la Pentecoûte :
Ce qui donna le temps sans doute
De faire encore rafle de deux,
C'estoient Messieurs, Lotin &   e
Dreux.
Dés que la Feste fut passée
L'Assemblée estoit commencée
Quand les gens du Roy le Lundy
Vinrent dire que Samedy
Dernier iour de l'autre sepmaine
Ils auoient esté voir la Reyne,
Qui d'vn visage plus acort
Et le poulx luy battant moins fort,
Leurs declara que mal instruite
Si l'Assemblée estoit licite,

d *Les Festes de la Pentecoste.*
e *Ces deux Conseillers du grand Conseil furent pris prisonniers par les Ministres.*

Elle auoit crû le Parlement
Vn Arnaud du Gouuernement ;   a
Qu'elle auoüoit qu'en sa cholere
Elle auoit esté si seuere
Que d'emprisonner leur Consors,
Mais qu'elle estoit troublée alors
Qu'apresent qu'elle est plus sçauãte
Elle est leur tres humble Seruãte.
Qu'elle a pourtant auersion
Pour ce mot nouueau d'Vnion
Qui n'est point au Dictionaire
Qu'on apprend dans le Ministere
Qu'elle veut bien qu'à tout moment
Ils s'assemblent separément ;   b
Qu'elle aggréera leur Remonstrãce
S'ils la font auec reuerence
Mais que rien demander en Corps
Et prier estant les plus forts,
Ces façons estoient Espagnolles,
Nonobstant ces belles paroles,
Certains sur l'execution
De l'Arrest de leur Vnion   d
Vouloient que l'on prist les suffra-
ges,
Quand quelques tittes des plus sa-
ges
A qui l'on ne pût resister
Dirent qu'il falloit feuilletter
Le vieil Registre & la Panchatte,
Pour ne prendre Renard pour Mar-
the :
Tellement que tout ce matin
La Cour chercha dans Caleppin
Si l'vnion qu'elle a souscritte
Estoit vn mot heteroclite
Qui n'eust iamais esté connu,
Et d'où ce mot estoit venu.
On ne commençoit qu'à se mettre
A lire la premiere lettre
Qui dans tout l'Alphabet est l'A,
Quant au troisiesme A se treuua
L'Arrest escrit d'vne bonne ancre   d
Apres la mort du Marquis d'Ancre,
Et qui fut leu de bout en bout

a *Vn Reformateur.*
b *Chaque Cour chez elle.*

d *L'Arrest de 617. donné contre le Marquis d'An- cre.*

Iusqu'à ce qu'on eut dit, c'est tout,
C'estoit vne expresse deffense
Qu'aucun Estranger dans la France
Obtint honneur ou dignité,
Arrest fort mal executé,
Mais qui ne tomba pas à terre.
Durant le temps de nostre guerre.
La Cour ensuitte poursuiut
De feuilleter, tant qu'elle vit
Qu'ainsi les quatre compagnies
Par plusieurs fois s'estoient vnies
Selon les diuers incidents.
Et parce qu'à deux Présidens
Elle deuoit reconnoissance
(Car c'estoit à la diligence
De Nouion & Blanmesnil
Qui treuuerent la Pie au nid
Qu'elle en découurit les exemples)
Par des Eloges assez amples
Monsieur de Mesmes regala
Ces deux Messieurs qu'il appella,
L'on voulut opiner en suitte
Pour l'vnion & sa conduite,
Et sur cela Monsieur Launé
Conseiller docte & tres bien né,
Fit vne Harangue assez belle,
Apres qui faut tirer l'eschelle,
Ah! (dit il) Messieurs, les Filoux
Se peuuent vnir contre nous?
Les Larrons s'entendent en Foire?
Les Laquais vont ensemble boire?
Vaugirard a ses Deputez
Qui ne sont qu'vn tous bien comp-
tez?
Chaque Eglise a sa Confrairie?
Chaque quartier à sa frairie:
Enfin l'on void les Maltotiers
S'vnir depuis vingt ans entiers
Et ioindre leur intelligence
A la ruïne de la France:
Et nous autres peres conscrits,
Ne pourrons vnir nos esprits,
Nos desirs, nos soins & nostre aide
Pour deliberer du remede?
Ils pourront nous faire perir
Sans que nous osions nous guerir?
Il eut poursuiuy de plus belle
Si le bon homme de Broussel

N'eut point deu parler apres luy
De nos miseres d'aujourd huy:
Surquoy ce grand homme fit rage,
Et finir par vn beau passage
Qui valoit plus de cent escus
Pris de Flauius Vopiscus,
Qu'en François on peut ainsi rendre
Pour ceux qui ne purent l'enten-
dre:
Qui fait que des Rois sont méchás?
Ce sont, dit-il, leurs biens trop
grands,
Les Gardes qui les enuironnent,
Et la licence qu'ils se donnent:
Item, les fauoris qu'ils font,
Item, les faux amis qu'ils ont:
De plus on leur fait des mysteres
De l'estat ou sont les affaires.
I'ay mesme ouy dire à maman
Que l'Empereur Diocletian
S'escria, qu'il est dificile
D'estre Empereur, & l'estre habile?
Ils s'assembleront cinq ou six
Pour vous prendre, & vous viola-
pris:
Ils chercheront des impostures,
Ils prendront si bien leurs mesures
Qu'vn pauure Prince qui chez soy
Ne sçait rien sinon qu'il est Roy,
Et ne void que ceux qui luy men-
tent,
Croit enfin tout ce qu'ils luy chan-
Ainsi faute de voir bien clair (tent
L'Empereur fait des pas de clerc.
Icy tout court Vopisque acheue;
Et lors Broussel qui se leue,
Assemblons nous soir & matin,
Dit il, i'y perdray mon Latin,
Si l'vnion n'est declarée
Ferme, constante & de durée.
On continua d'opiner,
Ce qui ne se pût terminer
Qu'apres la Feste Dieu venuë;
Mais la Reyne en craignant l'issuë
Qui ne se pouuoit differer.
S'efforça de les separer;
Et comme elle auoit marqué chasse
Lors que par vne noble audace

Monsieur de mesme haranga
D'vn stile qui fit dire ga,
Elle mit vn homme en vedette
Qui marquoit sur vne tablette
Tous ceux qui le vinrent chercher,
Ce qui ne s'estant peu cacher
Aux yeux de tout le voisinage,
La Vedette fut mise en cage,
Le Commissaire qui la prit
Comme on dit en flagrant delit,
Fit tout ce qu'il pût pour l'entendre
Sans qu'elle y voulut condescendre:
Le Commissaire se tuoit
A demander ce qu'elle estoit,
L'autre se tuoit de se taire
Et nargue pour le Commissaire
Qu'elle appella Iuge de chien,
Et qui n'en tira iamais rien.
Depuis les Gens du Roy parlerent
Au Commissaire qu'ils manderent,
Et qui presentant son papier
Leur a dit pour le prisonnier
Ne vous en mettez pas en peine
Il n'est plus de par la Reyne.
   Ce fut pour lors que Guenegaut
Fit present d'vn Arrest d'enhaut
Aux Gens du Roy qui le rendirent
Es mains de Messieurs qui le prirent.
Cet Arrest de cassation
Du fameux Arrest d'vnion,
Les traittoit d'vn estrange mode
Et leurs fut assez incommode:
Surquoy estans tous assemblez,
Ils parurent vn peu troublez,
Et dessus le champ commanderent
Aux gens du Roy qu'ils appellerent
De prendre leurs Conclusions,
Mais comme en ces occasions
Le Conseil est tres-necessaire
Ils obtinrent à leur priere
Qu'on remit à deliberer
Tant qu'ils peussent se preparer
Et sonder l'esprit de la Reyne:

g *Ce fut lors qu'il dit sur l'emprisonnemet des deux Conseillers du grand Conseil, qu'il falloit deliberer presentement pourremedier à ces violences.*
c *La Reyne sous vne Lettre de Cachet le fit eslargir.*
f *Le Vendredi apres la Feste-Dieu, la Cour receut vn Arrest du Conseil, qui cassoit l'Arrest d'Vnion*

Ainsi se passa la sepmaine.
   Le Lundy les Gens du Roy prests
Et la Cour assemblée exprés.
Monsieur Talon prit la parolle
Et depeignit comme vn idole
Le pouuoir absolu d'vn Roy
Qui nous peut perdre vous & moy
(Leurs dit-il) seulement pour rire,
Sans qu'on luy puisse contredire
Ou qu'il peche mortellement.
Si bien Messieurs du Parlement
Que pour rendre vne belle idée
De l'obeyssance gardée
Vous ne pouuez desobeyr
A tel est nostre plaisir.
Voulez-vous donner vn modelle
D'vne censure criminelle?
Sçachez que dans les Pays-bas
On se preuaut de nos debats,
Que desia sur nos auenuës
L'Espagne en attend les issuës
Preste en cas qu'ils ne cessent pas,
De venir mettre les hollas.
Enfin de la part de la Reyne
Ie vous dis qu'estant Souueraine
Et qu'à son nom deuant trembler
La Cour n'ait plus à s'assembler:
Que vostre vnion inutile
A bien fort eschauffé sa bille,
Que ce mot là n'est point François,
Que c'est pour la derniere fois
Qu'elle veut que l'on s'en souuiéne,
Sinon qu'elle a iuré mordienne
Qu'elle vouloit auoir le fouët
Si quelqu'vn n'en auoit son fait;
Et pour moy sçachant ces deffenses
Ie conclus à des Remonstrances.
   Ce discours ne plût pas à tous:
Certains en fillerent plus doux
Effrayez de cette menace:
Quelqu'vn repartit, ie t'en casse:
Des Enquestes deux Presidens
En murmuroniet entre leurs dents:
L'vn disoit, ie vis sans reproche,
L'autre ie m'appelle la Roche;
Vn autre comme i'ay le dos,
Arrest s'ensuiuit en ces mots:
La Cour ses Chambres ramassées,

15. Iuin.
Harangue de Monsieur Talon.
Autre Arrest du Parlemet

Toutes choses bien ballancées
Veut que pour l'execution
De l'Arrest rendu d'vnion
On depute aux trois Compagnies
Qui se sont auec elle vnies
Pour les aduertir que demain
Leurs enuoyez soient en chemin
Dés qu'ils auront mangé leur souppe,
Pour venir conferer en trouppe
Dans la salle de sainct Louys,
Où la Cour veut qu'ils soient ouys;
Doubles aduertira Radiguess

La Reyne n'ayant plus de digues
Pour opposer à ce torrent
Deuint plus seiche qu'vn harant
De soins & de melancholie,
Et detesta cent fois sa vie.
Son Conseil manda du Tillet
Qui met tous les Arrests au net:
Du Tillet vient, chacun l'acueille,
On luy demande cette feuille
Et comme il se voit tourmenter,
Il dit, Dieu vous vueille assister,
L'Arrest n'est pas en ma puissance,
L'on reconnoist son innocence,
Et l'on dit qu'auec du Tillet
Guenegaut & Carnaualet
Iront dans le Greffe le prendre,
Mais ils allerent se mesprendre,
Et laissans passer le commis
Es mains de qui l'Arrest fut mis,
Ils oublierent leur addresse,
Et prians auecque rudesse
Vn petit commis tout nouueau
De leurs aller chercher Boileau,
Qu'ils en sceurent depositaire,
Le commis les enuoya faire,
Dont les Supplians indignez
Luy voulans donner sur le nez,
Il se fit vn si grand vacarme
Que sans vn pauure Pere Carme
Qui mit à propos le hola
Carnaualet demeuroit là.
Et certes il l'eschappa belle,
Car iusqu'à la Saincte Chappelle

Qui le receut plus mort que vif
On ne voyoit qu'aisne & canif
Pour Guenegaut son camarade,
Ayant receu quelque gourmade
Il chanta l'Hymne Inexitu
Qu'il fait bon n'estre pas restu,
Et n'auoit pas tant de courage,
Puisque s'il n'eut plié bagage
Il ne viuroit plus à gogo
Ce bon Monsieur de Guenegaut.
    Le lendemain, Messieurs recou-
rent

L'ordre en vne lettre qu'ils leurent,
De venir au Palais Royal,
Et d'apporter l'original
De leur Arrest rendu la veille,
Mais la Cour fit la sourde oreille
A ce dernier point de l'escrit,
En vain le Messager luy dit
La Cour vous estes belle & sage,
N'entendez vous point ce langage?
C'est pour elle du bas Breton :
Mesmes quelqu'vns (ce dit-on)
Peut estre ennemis de la cour,
Disoient, attendez ie me botte,
Ie suis bon seruiteur du Roy,
que chacun se tienne chez soy
Vous sçauez bien mes camarades
Les affronts & les rebuffades
Qu'on nous a faites dans ce lieu,
Et que sans la crainte de Dieu,
Nous pensasmes iurer sur l'heure:
Foin c'est trop lanterner le beurre.
Qu'aller faire au Palais Royal
Disons que nous nous treuuons mal.
Nonobstant cette remonstrance
Qui tiroit sur l'impertinence,
La Cour fut d'auis de partir,
Et de fait on la vit sortir
Sur les neuf heures & demie,
Dans vne graue modestie,
Plus droicte que n'est vn chesner,
Auec sa robbe & son bonnet,
Il faisoit beau voir en bataille
Nos Senateurs de toute taille

---

b Vn des Secretaires.
※ Le Greffier de la Cour de Parlement.
* On estoit escrit l'Arrest du Parlement.

d Les Clercs & les Marchands sortent sur eux.
a La derniere fois qu'ils y furent, qui estoit l'Hiuer
d'auparanant.

Grands

Grands-&-petits, en souliers neufs,
Qui marchoiët comme sur des œufs.
Les enfans deuant & derriere,
Couroient comme aprés la Baniere,
Ils courrent aux Processions,
Dans le temps des Rogations,
Tout le Bourgeois à la fenestre
Curieux de les voir paroistre,
Faute de baulme ou de jasmin
Iette aussi tost par le chemin
Des espluchures de salade,
Le Sauoyard, au lieu d'aubade,
Dés qu'il les eut veus, entonna
Dessus le Pont neuf, Osanna:
A quoy quelque Marionette
Respondit d'vne voix aigrette:
Et Carmeline s'offrit bien
De leur tirer les dents pour rien,
Si quelqu'vne leur faisoit peine:
Madame la Samaritaine
Les pria deboire en passant:
Par tout le peuple en aduançant
Les benissoit dessus leur voye,
Vne femme en pissa de ioye:
Bref, iusques au Palais Royal
Ils eurent vn accueil esgal.
Mais, helas! ils pouuoient bien dire
Ce qu'on dit quand on a fait cuire
Son pain blanc deuant son pain bis,
Ce fut tousiours de pis en pis.
Et si tost qu'arriués ils furent,
Dés l'abord ils le reconnurent
Par le compliment que Sainctot
Leur fit en ne leur disant mot:
Il les entretint de la sorte
Vne heure tres-grande & tres-forte,
Apres laquelle le Tellier
Vint demander sur l'escallier
A Monsieur Molé le plus proche,
Auez vous voftre Arrest en poche?
Vn chacun luy respond que non,
Parlez vous (dit-il) tout de bon;
On dit ouy. Le Tellier remonte
Et s'il est vray ce qu'on raconte,
Le Tellier ayant rapporté

La responfe à sa Majesté
Pour lors en son Conseil assise,
La Reyne parut fort surprise:
Sçachez d'eux, dir-elle, pourquoy,
Ils n'obeyssent pas au Roy
Le Tellier ressort & rencontre
Le premier President tout contre
A qui comme il creut parler bas
Parlez haut ou ne parlez pas;
Repart ce vieillard venerable,
(Parole qui fut remarquable.)
Adonc le Tellier luy cria
Du plus haut ton qu'il essaya,
Monsieur de la part de la Reyne
Ie viens sçauoir qu'elle quintaine,
Quel motif, ou quel interest
Vous a fait oublier l'Arrest.
S'il plaist au Roy de nous entendre
Nous luy ferons bien tost compren-
dre
Reprent le premier President,
On deliberoit cependant
De les priuer de leur franchise,
Ou chasser en petteurs d'Eglise,
Et par cét affront les punir:
L'autre aduis fut de retenir
Quelques-vns de la compagnie:
Et ie riray toute ma vie
D'vn homme qui se fit mocquer
Qui conclut à faire bloquer
Toute la compagnie ensemble,
Par ce que (dit il) ce me semble
L'horrible approche de la faim
Fera bien-tost que pour du pain
Ils abandonneront la feuïille,
Ie le crois ainsi, Dieu le vueille.
Mais chacun siffla cét aduis
Et l'on baissa le pont leurs
Qu'à tout hazard la sentinelle
Tenoit desia leué sur elle.
Messieurs sont ensuite inuitez
De venir vers leurs Majestez
Où les Princes & la Noblesse,
Faisoient vne agreable presse,

K Ils passernet par dessus le Pont-neuf.
i L'Arrest que le Parlement auoit rendu ly iour d'au-
paravant, confirmatif de l'vnion.

2 Il y eut diuers aduis au Conseil d'Enhaut, l'vn de
les prendre prisonniers, tous ou quelques-vns, vou dedas
renuoiet sans les ouir, vn autre proposa de les enfermer
dans vne chambre tant qu'ils tussent enuoié querir
l'Arrest.

Là tout d'abord le Chancelier
Se prit ainsi pour les crier
Au nom de la Reyne Regente.
Compagnie vn petit meschante
N'osant pas dire tout à fait
Penses-tu qu'on auroit malfait
Si l'on t'auoit mise à la Taille,
I'enrage de dire canaille,
Mais tu ne m'y tiens pas, vn sot
Lascheroit sans ordre ce mot.
Ie ne sçay si par tes intrigues
Tu ne veux point faire des ligues
Auecque le tiers & le quart,
Mais enfin tu fais du broüillart
Des papiers qu'on te signifie,
As tu rien qui te iustifie,
Cet Arrest du Conseil d'enhaut b
Que vous apporta Guenegaut
Qu'en auez vous fait Mamoiselle,
Grosse teste & peu de ceruelle,
Non que ie vous veuille appl quer
Ce mot qui pourroit vous picquer.
Aga donc, la bonté Royalle
Par vne grace speciale
Ne te demandoit aucuns p és s,
Et tu vas rendre des Arrests,
Samon, des Arrests, c'est le Diable,
C'est vne vnion pitoyable
Que tu fais en depit du Roy
Auec des Cours moindres que roy.
Est-ce là cette obeyssance
Que tu deuois à ma naissance
(Car il parloit au nom du Roy,
Et vous pouuez bien voir ie croy
Qu'il n'eut pas fait telle Harangue
S'il n'eut au Roy presté sa langue)
Malheureux trois quarts, ie sçay
    bien
Qu'il reste encor des gens de bien
Plus de vingt dans la compagnie
Et de qui la teste blanchie
Au seruice de mes ayeux
Aide à porter ma gloire aux Cieux:
Mais las ! ces gens foibles se ren-
    dent
Au crot en jambe que leurs tendent
Deux litrons de petits Messieurs
Qui disent estre mes Tuteurs,
Et qui sont eux mesmes pupilles,
Vrayement i'ay des Tuteurs habil-
    les,
Ma foy ce sont de belles gens:
Hé par quel droict depuis vn temps
Ces beaux frisez veullent-ils pren-
    dre
Le gouuernail d'vne main tendre,
Eux donc le nez si l'on le trait,
Va pisser vn poisson de lait :
Eux qui sçauent bien dans leur
    ame
Qu'ils sont plus propres à la   *
Qu'ils ne seroient pas au Timon,
Ie conclus par les Fils Aymon :
Ces quatre freres dont l'Histoire
Fait viure à iamais la memoire,
N'anoient qu'vn cheual pour eux
    tous,
C'est à dire vn naturel doux,
Vne complaisance modeste,
Payez vous & rendez le reste.
    Le Chancelier ayant fait fin
Leut à la Cour vn parchemin a
Portant vne expresse deffence
D'entretenir correspondance
Auecque les trois autres corps,
Rupture de tous leurs accords :
Ordre d'ouyr les plaids, sur peine
Desobeyr à la Reyne.
Prince vous croirez aisement
Qu'il tardoit bien au Parlement
De voir finir ces beaux Esloges
Et de faire Iacques desloges,
L'vn se grattoit en groumelant,
Et l'autre disoit en baillant,
La peste comme il nous en donne :
L'on m'a nommé quelque personne
Qui de peur prioit Dieu tout bas,
Et qui fit à moitié son cas
Sans aualler son haut de chausse,
Ie veux que la chose soit fausse
Et qu'on n'en ait point de tesmoins,
Mais on peut bien le faire à moins,

---

b c'est l'Arrest du Conseil qui cassoit l'vnion.

2 Second Arrest du Conseil d'Enhaut qui casse l'v-
nion, & deffend les Assemblées.

La Cour se laissa long-temps tondre
Auant qu'elle voulut responrde,
Tant que son premier President
Vint à dire en se deffendant,
Qu'elle estoit toute criminelle
Si quelques-vns l'estoient chez elle,
Et que tout son corps estoit net
Si quelques vns auoient bien fait.
Sire (dit-il) ma compagnie
N'agist que par vn seul Genie,
Et ce qu'elle pas vne fois
A la pluralité des voix,
Se changeât comme en sa substance,
Fait son crime ou son innocence,
Ainsi. Mais il n'acheua pas,
Ce qui fit vn galimatias
Dont il ne fut iamais coupable,
Car il est homme fort capable,
Mais sur son application
Le Conseil par precaution
Le pria de vouloir se taire,
D'vne priere necessaire
Qui valloit vn commandement,
Iugeant par son commencement
Qu'il diroit que sa compagnie
S'eroit vieille ou rajeunie,
Sage ou folle comme on voudra,
Mais qu'on vist lequel on prendra :
Que la compagnie estant vne
Ne pouuoit estre vieillle & ieune,
Sage & folle, & que ses enfans
Ont tous vingt ou tous soixante ans
Bien que leur barbe soit diuerse:
Mais on fut viste à la trauerse
De cette contestation
Qui faisoit l'accusation
Des restes blanches & pelées
Qu'on auoit si bien regallées,
Où la iustification
Des Conseillers de l'Vnion,   b
Dont les perruques testonnées
Auoient esté si mal menées.
Ainsi reuint le Parlement
Ayant eu la peur seulement:
Et dés la mesme apresdinée
La Reyne fut bien estonnée

b. *Ceux dont parloit le Chancelier quand il a dit que*
ces ieunes frisez vouloient prendre le gouuernail.

D'apprendre qu'au sortir de là
Le mesme iour ils s'assembla;
Où quelques vns las de bien faire
Ou liez au party contraire,
Ou corrompus desia par or;
Nous assemblerons nous encor
Dirent-ils apres la deffense,
Et lecture en nostre presence
De l'Arrest de cassation,
A quoy Monsieur de Nouion
Fit vne response hardie:
Assemblons - nous quoy qu'on en
    die
Et qu'on nous l'aille deffendant,
Repartit ce grand President
En se mettant presque en cholere,
C'est vn Arrest fait par la Mere
Où son Fils mineur est lezé,
Et dont il nous est plus aisé
De le releuer à cét aage
Qui luy cause perte & dommage,
Comme on vouloit deliberer,
On fut contraint de differer
Iusqu'au lendemain, & d'attendre
Que les Gens du Roy vinssent pren-
    dre
Sur cela leurs conclusions,
Ce qu'aux deliberations
Messieurs auec soin obseruerent,
Et qu'au matin ils apporterent.
Mais auant que de les donner
I'ay grand sujet de m'estonner
D'vne assez meschan e Preface,
Hargneuse & pleine de menace
Depuis le sommist au talon
Que prononça Monsieur Talon.
Ils leurs dit qu'en cette occurence
Il voyoit auec doleance
Se battre leur authorité,
Et celle de sa Majesté.
Que chacun disoit de la sienne
Elle est plus iuste que la tienne:
Mais qu'en ce malheureux duel
Bien que le droict fust casuel,
Apres tant & tant d'anathemes
Et de la bouche du Roy mesmes,
Si le Parlement s'assembloit,
Il deprimoit ce luy sembloit

La puissance du Roy son Maistre
Qu'il ne pouuoit pas méconnoistre,
Outre que c'estoit publier
Que la Reyne auoit le dernier,
Ce qu'on sçait que la moindre fem-
me
Ne porte qu'à regret dans l'ame,
Vous sçaurez qu'vn cahos de voix
L'interrompit à plusieurs fois
Comme il peignoit ces deux puis-
sances
Qui renoient en arrest leurs lances
Pour ce grand cartel de deffi,
Surquoy Messieurs crierent fi,
Ne permettrons pas cette iouste,
Accordons les quoy qu'il en couste,
Sauuons les droicts a toutes deux,
Nous le pouuons selon leurs vœux,
Nous assemblans pour l'vne & l'au-
tre,
Et premierement pour la nostre
Qui maintiendra celle du Roy,
du Parlement & de la Loy.
Cela fut dit auec murmure,
Ce que Talon prit pour injure
& tomba de fiebvre en chaud mal
Pour vouloir est trop Royal.
Vous auez dit il souuenance
Quel maux la Ligue a faits en Fran-
ce.
Lors vn grand ris qui s'esleua
Sans permettre qu'il acheua,
Fit voir qu'en sa similitude
Ligue estoit vn terme bien rude.
Talon que l'on interrompit
Ietta comme auec despit,
Ses conclusions qu'on fit lire
Dans l'ordre qu'il les fit escrire.
Comparant ses conclusions
Auec ses preparations
On treuue tant de difference,
Que l'on est encor en balance
S'il fut Mazarin comme il dit
Ou Frondeur comme il escriuit
En ses conclusions formelles;
Puis qu'il opinoit dans icelles
A ce que l'Arrest d'vnion
Fust mis en execution,

Et que la Reyne par prieres
Eust à reuoquer les contraires,
Pour moy ie crois que son discours
Auroit pris tout vn autre cours,
Ou qu'il eut parlé pour & contre
Comme souuent il se rencontre
Chez les Aduocats generaux,
Ou qu'il auroit fait le Heros
Apres auoir fait le pigmée:
Ou que sa Harangue entamée
Allant tousiours d'vn mesme train,
Ledit sieur auoit à la main
Deux conclusions differentes a
Dont il donna les moins meschan-
tes
Comme il apperceut la rumeur
Afin de sauuer son honneur
    Les voix ensuite furent prises:
Premierement des barbes grises,
Et puis apres des ieunes gens,
Qui plus doctes que leurs Regens
En opinant dirent merueille,
Et citerent vne corbeille
D'Autheurs tant Grecs que de La-
tins
Ce soir & les autres matins,
Qui reglez par leur conscience
Ils firent voir plus d'eloquence
Qu'au temps jadis les Cicerons; b
Et se monstrerent moins poltrons
Entr'autres Blanmesnil fit rage.
Monsieur Launé prudent & sage
Dit qu'il ne faisoit point estat
De l'Arrest du Conseil d'Estat:
Que malgré la deffense expresse
Il falloit trauailler sans cesse
Au repos des pauures François:
Qu'il auoit entendu la voix
De ceux des trois Cours Souuerai-
nes   b
Qui gemissoiet dessous des chaisnes
Et crioient à trauers des trous
Messieurs nous prierons Dieu pour
vous:

a *Ie dis cela pour rire & non pas que ie le crois.*
b *Ciceron est accusé de timidité.*

b *Monsieur d'Argouges, Lotin, Dreux & autres*
que la Reyne auoit arrestez.

Qu'on

Qu'on les traittoit en bestes bru-
  tes,
Et qu'ainsi les moindre minuttes
Qu'ils perdroient à deliberer
Ne se pouuoient assez pleurer.
Que l'vnion leur fille aisnée
Estoit vertueuse & bien née
Et qu'ils la deuoient proteger
Contre tout mal & tout danger.
  Pendant ces Sceances tenuës
Deux Festes estant suruenuës
La Reyne eut encor le temps
De chercher des expediens,
Et pour mettre tout en vsage
Enuoya querir au village b
Le Chancelier de Chasteau-neuf, c
Lors le vieil, maintenant le neuf,
Pour demesler cette fusée:
Et luy demander si Thesée
Dans le labyrinthe dit-on
Eut d'Ariadne vn peloton
De corde, de fil, ou de soye,
C'est à dire par quelle voye,
De rigueur, finesse ou douceur,
Elle en viendroit à son honneur,
Et lors sans luy mascher chastei-
  gne,
Souffrez, dit-il, que ie me plaigne
Des desordres de vostre Estat
Qui s'en va tomber tout à plat
Si vous faites des ennemies
Des souueraines compagnies,
Ou si vous rabattez des droicts
Que leurs ont accordé nos Roys.
  Ainsi se passa la sepmaine,
Et suiuant cét aduis la Reyne
Qui cherchoit accommodement
Fit tant que ie ne sçay comment
Quelques Presidens le Dimanche
D'vne volonté moitié franche
Furent voir le Duc d'Orleans,
Où luy disans Dieu soit ceans,
Paix à vous cria son Altesse
En sousleuant vn peu la fesse,
A son costé le Cardinal

Faisoit vn bel original d
D'vne statue ou d'vn idole
Viuante iusqu'a la parolle.
Aussi ce Ministre sçauant
Qui n'interrompit pas souuent
Tant que dura la conference
Se fit prendre par son silence
Pour quelque ouurage de la main
Du fameux Raphael Vrbain ; c
En quoy l'erreur fut plus iolie
Qu'ils nous sont venus d'Italie
Ces Tableaux & le Mazarin
Tous deux ouurages d'vn Vrbain, d
Vis à vis de son Eminence
Estoit le Chancelier de France,
Qui l'estoit alors tout de bon,
Et qui ne l'est plus que de nom,
A mon dam ce grand personnage
Ayant depuis plié bagage :
A mon dam ie dis auiourd'huy,
N'osant pas dire au dam d'autruy,
Fort satisfait de la conduite
De celuy qui le fut en suitte,
Et qui l'est encor à present,
Et que ie tiens moins bien faisant
Que le deffunct, enuers la muse,
Peut estre aussi que ie m'abuse,
Mais ie croiray tousiours ainsi
S'il ne m'en desabuse aussi.
Que ne fait il que ie confesse
Mon erreur & que ie la laisse
Au moindre bien-faict, ie promets
Que relaps ne sera iamais.
  Tandis son Altesse Royale
Mis sur le tapis de la salle
Ces moyens d'accommodement
De la Reyne & du Parlement,
Primò : Que tout emprunt sur gage
Tenant trop du libertinage,
La Reyne donneroit les mains
Que les autres corps souuerains
Iouyssent du droict de Polette d
Sans qu'aucune charge s'y mette.

Item. Si-tost que ce pourroit
Que la Reyne restabliroit
Messieurs les Maistres des Reque-
stes,
Mais sous des libertez honnestes f
De pouuoir toute & quante fois
Créer six autres à son choix,
Et neantmoins qu'à leur priere
Elle pourra bien n'en rien faire.
Item. Que tous les exilez g
Seront sur l'heure rappellez.
  Ces conditions sembloient belles,
Mais elles estoient telles quelles
Et sur le rapport qu'on en fit
A la Cour le iour qui s'unit,
On les treuua tres-perilleuses,
Et pour Messieurs peu glorieuses,
Qui pour leur vnique interest
N'ayans iamais rendu d'Arrest,
Ains ayans pris en main la Fronde
Pour le profit de tout le monde,
Crurent qu'il seroit tres honteux
De n'auoir rien fait que pour eux,
Et laisser tout en garoüage
Dés qu'ils treuuent leur aduan-
tage:
Mesmes, que c'estoit lascheté
D'auoir seulement escouté
Des conditions faineantes
Et pour le public si meschantes,
Puis qu'elles leurs lioient les mains
Et rompoient tous leurs bons des-
seins:
Que c'estoient autant de Syreinnes
Pour perdre les Cours Souueraines,
Entre lesquels Monsieur Launé
Qui des Frondeurs vient de l'aisné
Dans vne ligne masculine,
Dit auec sa doucette mine,
Les pecheurs m'ont rendu des
rets, a
Ce qu'il expliqua par après
Auec vn Pere de l'Eglise
Par trois manieres de surprise
Dont les grands qui ne vallent rien

Embarassent les gens de bien?
Qu'ils commençoient par les dis-
graces
Les supplices & les menaces:
Qu'on s'en estoit seruy contr'eux,
Combien, dit-il, de malheureux
Enterrez hors de leur patrie?
Que d'autres ont passé leur vie
En prison auec les souris?
Et que d'autres qui dans Paris
L'ame sur le bord de la lévre
Se voyans sans douleur ny fièvre b
Du temps du deffunct Cardinal,
Disoient lors, rien ne nous fait mal
Si ce n'est la langue vn peu seiche?
L'autre maniere est vne meiche
Qui s'évente mal aisément
Par d'autres que le Parlement:
Ce sont les biens, les recompenses
Les tyrannes des consciences
A qui l'on fait faire dodo
Par le moyen du verbe do. c
Ah! Messieurs les forces secrettes
De ces Conseilleres muettes
En ont fait tomber maintesfois:
Pour nous qui sommes encor droits
Gardons vne autre chaussetrappe
Fatale à tous ceux qu'elle attrappe,
Et dont il nous faut guarantir:
C'est ce simulé repentir,
Ces doux propos & ces fleurettes
Qui sont autant de chansonnettes, d
Ces paroles à l'aduenir
Qui seront tousiours à tenir
Et iamais ne seront tenuës:
Et ces promesses sotrenuës
Qui seront tousiours à payer:
Malheur à qui s'y peut fier.
Trauaillons auec diligence
Au salut de la pauure France.
Ainsi conclurent les aisnez,
Apres qui l'on vit leurs puisnez
Tous ces bons freres des Enquestes
Donner & de culs & de testes
Sur le dos du gouuernement

f Ils auoient esté interdits,
au grand Conseil & de la Cour des Aides,
a Peccatores posuerunt mihi laqueum

b D'empoisonnez pour auoir parlé
c Dó en Latin signifie, ie donne.
d Ces propositions de Paix que leurs auoit faites
Monsieur le Duc d'Orleans,

Qu'ils fanglerent horriblement.
Dieu fçait fi la fripponnerie,
Le defordre & la volerie
Des Partifans fut mife au iour,
Et s'ils luy donnerent le tour.
Gertes tant ils exagererent
Les vices de ceux qu'ils nommerét,
I'euffe efté pour lors bien marry
D'eftre le fils de d'Emery
Qui treuua ce iour neceffaire
De rougir cent fois pour fon pere,
Arreft s'enfuiuit en ces mots:
Le Parlement iuge à propos
D'enuoyer fupplier la Reyne
De ne fe mettre plus en peine
De luy ny de fes actions,
Ny des deliberations
Que font les quatre Cours vnies,
Ainfi croire qu'en ces compagnies
Il ne s'y traittera de rien
Que pour fon profit & fon bien,
Pour la gloire de noftre Sire
Et le repos de fon Empire.
   Et lors les gens du Roy mandez
Furent par Meffieurs commandez
Deuers fa Maiefté mineure,
Afin de fçauoir d'elle l'heure
Qu'elle pourroit mieux receuoir
Les Deputez qui l'iroient voir,
Et felon le rapport qu'ils firent
Le lendemain partirent
Les Deputez qu'on appella,
Molé fut celuy qui parla
Dans fon ordinaire efloquence,
Harangue du premier Prefident à la Reyne, Madame (dit-il) quand i'y penfe
C'eft mal regner que par rigueur,
Il n'eft rien tel que la douceur;
Sçauez-vous pas qu'à dure enclume
Il faut auoir marteau de plume,
A qui ne regne par amour
Le throfne eft vn trifte feiour;
On hait les vertus Cardinales,   a
On ayme les Theologalles: b
Vous le fçauez, & puis apres
Vous allez caffer des Arrefts

a   *Force, &c.*
b   *Charité, &c.*

Comme des œufs d'vne amelette
Sans eftre du moins inquiete
Qui paye l'anchre & le papier
Qu'on employe à les coppier ;
Madame dans cette equipée
Vos Miniftres vous ont trompée
S'ils vous on peint noftre Vnion
Comme vn mot de fedition,
Vn mot de guet, vn mot de garde
Qu'on ne prend point fans halle-
    barde :   c
Ils n'ont iamais fceu ce que c'eft ;
Regardez pluftoft, s il vons-plaift
Au nouueau Liure de Mefnage,   d
Vnion n'eft rien qu'affemblage
Et mefme par conuerfion
Tout affemblage eft Vnion
Ie ne fcaurois penfer & rire,
A ce iour de cholere & d'ire   e
Ce iour pour nous de iugement
Auquel on vit le Parlement
Qui faifoit amende honorable
Deuant ce throfne efpuuentable
D'où vous caffaftes nos Arreft
En nous donnant cent fobriquets,
Et mefmes parmy les paroles
Se gliffa quelques croquinoles
Qui me firent & qui me font
Encore douleur fur le front :
Ie ne dis pas qu'en ce defordre
On nous les donna par voftre ordre
Ou qu'elles vinrent de vos doigts,
Car ie ne les vit point en croix
De la maniere que pratiquent
Ceux qui la croquinole appliquent,
Mais puis que fans voftre congé
Noftre front fut lors outragé,
Il vous plaife, puiffante Reyne
D'vne authorité fouueraine
Le vouloir decroquinoler:
Vous plaife auffi nous regaler

e   *Le Caporal qui vient prendre le mot porte d'ordi-*
naire vne hallebarde.
d   *Monfieur L'abbé Mefnage a fait depuis peu im-*
primer vn Liure des Etimologies de tous les mots
François.
e   *Quand le Parlement fut mandé au Palais Roial &*
que le Chancelier luy fit vne fi rude reprimande, apres
qu'il leur fit l'Arreft du Confeil d'Enhaut qui caffoit
celui d'vnion.

En nous permettant l'assemblée:
Vous n'en deuez estre troublée,
Car si nous nous vnissons tous,
Le tout est pour l'amour de vous
Dont on dissipe la Finance,
Dieu benisse vostre Regence,
I'ay dit quand il eut acheué
La Reyne ayant vn peu resué
Comme pour dire quelque chose,
Leurs dit, Ie ne dis rien pour cause,
Vous n'auez qu'à vous en aller
Ie veux deuant me conseiller
Auant qu'auec vous rien i'arreste,
Aussi bien il est demain Feste. a

 La Reyne ayant pris la douceur
Par l'aduis de son Confesseur
Qu'elle consulta le Dimanche,
Le Parlement eut sa reuanche
(Disgrace de Monsieur d'Emery.)
Par le renuoy d'vn fauory .
Qui pour n'estre que d'Emery
Ne donna pas toute la ioye
Qu'auroit donné vn autre en voye.
 Le Lundy Talon fit serment
Qu'il venoit tout presentement
De quitter la Reyne Regente
Qui n'estoit plus estincelante
Comme elle parut l'autre iour,
Ains auroit dit mon cœur, ma-
 mour
I'ay sçeu que les Cours souueraines
Auoient des intentions saines
Ou des saines intentions
Dans leurs deliberations;
Ie permets donc leur assemblage,
Et sans m'en aigrir dauantage
Ie les en veux remercier,
Cependant i'ose les prier
Qu'ils fassent plus de diligence
A secourir la pauure France,
Sur le recit de ces bontez
La Cour nomma des Deputez
Le reste de la matinée
Pour se rendre l'apresdisnée
(Ouuerture de la chambre de Sainct Louis.)
En la Chambre de S. Louis,
Dont parurent fort resiouys

Messieurs des Comptes qui l'appri-
 rent,
Et par Deputez les ioignirent,
Le soin ayant esté pareil
Des Aydes & du grand Conseil.
Pour voir ce qu'ils luy propose-
 rent
Tout le temps qu'ils y confere-
 rent, b
En vous renuoyant au Iournal
Ie puis vous dire en general
La main dessus la conscience,
Que si l'on obseruoit en France
De tout ce qu'ils dirent le quart,
Prince, vous seriez autre part,
 Or à mesure qu'vne chose
En ce lieu gagne ou perd sa cause,
On l'apportoit au Parlement
Qui s'assembloit incessamment
Pour l'examiner & conclure.
Et dés la premiere ouuerture
(Arrest contre les Intendans de Iustice.)
Il reuoqua les Intendans
Dans la campagne brigandans,
Maudits tyranneaux, demy Prin-
 ces,
Malheurs attachez aux Prouinces,
Facteurs du deffunct Richelieu, *
Fleaux quatriesmes de Dieu.
Cét Arrest mis sur les Registres
Inquieta fort les Ministres,
Qui sans cette sorte de gent
Auroient souuent manqué d'ar-
 gent
(Seance de Monsieur le Duc d'Orleans au Parlemet. & de plusieurs Ducs & Pairs auec lui.)
Si bien qu'vne trouppe Ducale
Suiuit son Altesse Royale
Qui prit sa place au Parlement
Et là dit fort eloquemment,
Que pour le regard de la Reyne
La Cour pouuoit estre certaine
Qu'elle agreoit tous ses Arrests
Tant les rendus qu'à rendre apres,
Mais qu'elle auoit vne priere
Qu'il s'estoit chargé de luy faire,
C'est (dit il) que vostre arresté

---

a. C'estoit vn Samedi.

b. Monsieur Talon Aduocat General dist dire qu'il auoit veu la Reine.

d Ie n'ai pas mis ici les propositions que l'on treuuera l'une apres l'autre declarées dans la suite de ce Liure en quoi i'ai tasché d'éuiter les repetitions.

* Les Intendans auoient esté establis par le Cardinal de Richelieu.

Ne soit si-tost executé
Sur les Intendans de Iustice,
Auant que i'aye ouuert la lice
A ceux que Messieurs nommeront
Qui chez moy s'en debattront, K
I'espere de vostre prudence
D'obtenir cette surceance,
Seulement pour trois pauures iours
Que la Conference aura cours,
Ie suis vn Prince de parole
Qui ne siché iamais de colle.
Au reste ie donne les mains
A degrader ces inhumains
Ces petits Dieux de la campagne
Qui comme au pays de Caucagne
N'auoient rien qu'à tendre le bec,
Qui mettoient les Tailles à sec,
Qui pour auoir plus à despendre
Ne vouloient qu'en faire plus pen-
dre :
Ces belistres, ces Intendans
Ces Officiers independans
Deuant qui les couppeurs de bour-
se
Estoient tous pendus sans ressour-
ce,
Et qui donnoient loüange & prix
A ceux qui l'argent auoient pris,
Craignans qu'en leurs yurongne-
ries,
S'ils punissoient les volleries,
Quelqu'vn d'eux se fust par mal-
heur
Pendu pour vn autre volleur
A cause de la ressemblance,
Le vin ostant la connoissance :
Qu'il sauuoit lors au Parlement
De peine pour son chastiment,
Si se faisant ainsi iustice
Vn vice eut pendu l'autre vice.
Si-tost Monsieur acheua,
Le grand Molé qui se leua
Complimenta Gaston de France,
Et dit que pour la surceance
Que son Altesse requeroit

La Cour en delibereroit,
Ce quel on commença de faire :
Plusieurs furent d'aduis contraire,
Alleguans que bien que Gaston
Fut vn Prince loyal & bon
Homme de bonne renommée,
La Cour deuoit estre informée
Qu'on abusoit de sa bonté,
Et qu'au iour de son arresté
Le Conseil auoit fait deffense K
A tous les Intendans de France
De s'emparer pour l'Edict,
Ce que Gaston n'auoit pas dit.
L'autre aduis fut de satisfaire
Les vœux d'vn Prince tres-sincere,
Et par Arrest inieruenu,
L'Arrest enfin fut maintenu,
Mais la Cour fit vne promesse
Que pour l'amour de son Altesse
Il ne seroit point publié
Distribué, vendu crié
Par ceux qui portent la gazette
Auant trois iours comme il sou-
haitte,
Pendant lesquels dés auiourd'huy
Nos Deputez iront chez luy :
Si bien que dés cette iournée
Les Deputez l'apresdinée
Furent au Palais d'Orleans,
Où tous sur des sieges plians,
Le seul Gaston dans vne chaise
Posa son derriere à son aise
Sans que Monsieur le Cardinal
Fut assis plus mieux ny plus mal
Là, Seguier ce grand Politique
Fit d'abord vne Panegyrique
Si poly, si long & si beau
Si peu commun & si nouueau
Qu'vn Garde qui n'estoit point be-
ste,
Demanda si c'estoit la Feste
D'vn Sainct appellé Parlement,
Tant il preschoit disertement
Sur ses intentions pieuses.

K *Et demanda qu'il en put conferer chez luy auec
quelques-vns de Messieurs,*

K *La Reine auoit enuoié des Lettres de cachet, portant deffenses aux Intendans de s'emparer pour l'Arrest.*

K *Monsieur le Chancelier se mit à loüer le zele & la
vertu de Messieurs du Parlement*

E

Sur ses actions vertueuses,
Et de plus le Garde souftint
Qu'il l'auoit appellé Corps saint.
Mais apres tout, vn allobroge
Auroit iugé que cet eftoge
Fut vn tour de Maiftre Gonin,
Car quoy qu'il, dit-il, voftre fin
Soit le bien de la Monarchie,
Voftre Arreft y preiudicie
Qui reuoque les Intendans
S'il n'eft furcis pour quelque
       temps,
Par ce que, C'eft toute la preuue f
Qui dans tout le Iournal s'en treu-
       ue,
Meffieurs ayant dit là deffus,
Des Intendans ne parlons plus,
C'eft vne affaire terminée,
Employons mieux noftre iournée,
Ils font fanglez par vn Arreft
Qui fubfiftera s'il vous plaift.
Prenõs (reprit-il) patience,
Mais s'il faut perdre l'Intendance
Que le Roy dans fa perte ait part,
Et qu'il la perde au moins d'vn
       quart,
Permettez qu'auec vous il traitte
De l'honneur de cette deffaite,
Afin que par vous foulagé
Le public luy foit obligé.
Vn Arreft au voftre conforme.
Par fa teneur & par fa forme,
Qu'e life au bas Guenegaut
Fera que le peuple nigaut
Qui ne fçaura point ce myftere
Benira Louys & fa Mere
D'vn bon-heur qu'il tiendra de
       vous.
Molé luy repartit pour tous
Qu'il n'en donnoit point affeuran-
       ce
Par ce qu'en cette conference
Il ne pouuoit rien arrefter ;
Si bien que fans plus difputer
Chacun prit congé l'vn de l'autre

Tant de leur cofté que du noftre
Vn iour n'eftoit pas efcoclé,
Que l'Arreft dont il fut parlé
Fut apporté par fon Alteffe :   a
Arreft qui contre la promeffe
Qu'auoit fait le Chancelier
De n'y changer que le Greffier
Eftoit pour lors diffemblable
Qu'il en eftoit mefconnoiffable ;
Od en auoit fait vn Bertaut
Tout depuis le bas iufqu'en haut,
Si bien que la tefte & la queuë
Eftoient du trone à demy lieuë.
Dans cét Arreft eftropié
Trois Intendans reftoient fur
       pied   b
Que le Roy trouuoit neceffaires
Pour les affaires militaires,
Mais trois fans plus , fçauoit les
       trois.
Dans le pays de Lyonnois,
De Champagne, de Picardie,
Tant que la paix y remedie.
D'informer des concuffions
Des vols , des maluerfations
De cette engeance abominable,
Il en parloit moins que du Diable.
Noftre Doyen Monfieur Crefpin
Moins pliant qu'vn aix de fapin
Fut d'auis de le mefconnoiftre;
Et moy pour l'amour de fon Mai-
       ftre
S'efcria Monfieur Cheualier,
Ie voudrois le verifier,
Pourtant auec cette claufe
Que le noftre y feruit de glofe
Et qu'on le fit efcrire au bas ,
Aduis que l'on n'improuua pas.
Quand ce vint au braue Brouffel
Homme d'vne forte ceruelle,
Il dit qu'au feul nom d'Intendans
Il fentoit agacer fes dents :
Que ce mot laiffoit dans la bouche
Vn fon fi rude & fi farouche

c Le Iournal dit que Monfieur le Chancelier fut inter-
rompu comme il en donnoit la raifon, & ne dit point
quelle raifon il en dñna.

a I'entens toufiours par fon Alteffe Monfieur le Duc
d'Orleans.
b L'Arreft que le Parlement auoit rendu contre les Intendans les reuoquoit tous, & de plus portoit qu'il feroit
informé contr'eux.

Qu'il estoit d'aduis tout de bon
Qu'on le fit porter au billon
De Messieurs de l'Academie,
Que de tout son cœur il supplie
De faire à ce mat le procez
Et mesmes apres son decez
Perdre en sorte toute sa race
Qu'il n'en vienne plus en sa place:
Aduis que suiuit Hillerin
Homme qui n'est pas Mazarin.
Ainsi la plus-part opinerent
En suitte dix heures frapperent,
Et comme il estoit Samedy
Le tout fut remis au Lundy.
Pendant lequel temps les Mini-
stres
Prenans des augures sinistres
Du mauuais sort de cét Edict
Pour ne pas perdre leur credit
S'aduiserent d'vn stratagéme,
Sçauoir d'en refaire vn deuxiesme
Qu'ils enuoyroient au Parlement,
Qui seroit establissement
D'vne Chambre appellée ardente.

[marge : Edict d'établissement de la Chambre de Iustice.]

Chambre qui donna l'espouuante
Et fit d'abord assez de bruit,
Mais au Diable l'vn qu'elle ait cuit
Et dont sa flamme ait fait Iustice.
Le Conseil par cét artifice
Promettant que les Intendans
Y seroient les premiers ardens,
Eludoit l'effect de la clause
Qui portoit qu'auant toute chose
On feroit informer contr'eux.
Cét Edict qui faisoit le deux
Fut apporté par son Altesse:
La Cour vit bien cette finesse,
Et que cét establissement
N'estoit rien qu'vn retardement.
Et qu'vne pure momerie,
Surquoy quelqu'vn par raillerie
L'appella de l'Oruietan
Que debitte le Charlatan:
Neantmoins comme elle est habile,
Elle crut qu'il estoit inutile,
De les verifier tous deux ;

* L'Edict des Intendans & celui de la Chambre de Iustice.

De quoy les Ministres ioyeux
Du succez de leur stratagéme,
Voulans tousiours primer de mes-
me
Et sçachans qu'on auoit parlé
Que tout droict seroit annullé,
Qu'on sçauroit quelque part en
France
Ne se leuer qu'en consequence
De simple Declaration
Sans la verification.
Ils firent vn tour de souplesse,
Chargeans derechef son Altesse
D'vn troisiesme & nouuel Edict
Dans lequel Edict estoit dit
Qu'on ne fera plus de leuée
Que la Cour ne l'ait approuuée a

[marge : Edict fut toute ce qui se leue sans verification.]

Cependant que l'on opinoit,
Cét Edict qu'on examinoit
Estoit de taille si mignone,
Que sans estre veu de personne
Adroittement il se glissa
Et de cette sorte il passa:
Dont la Cour s'estant aduisée
En fit elle-mesme risée ;
Et luy pardonnans cette fois
L'accrut seulement de trois
doigts b
De peur qu'il ne reuint encore
Ratraper la Cour que i'honore,
Et qui veut que doresnauant
Aucun droict ne s'aille leuant
Qui ne soit verifié d'elle:
Dés à present casse & rappelle
Les droicts qu'on a desia leuez
Qu'elle n'aura pas approuuez:
Aduertit ceux qui veullent viure
De se garder bien de poursuiure
A les leuer de leur viuant ;
Veut que tous ceux par cy-deuant
Verifiez ou par les Comptes,
Ou par les Aydes, soient des con-
tes
Passé six cens quarante-neuf.

a Il ne parloit que des Leuées à faire, & point du tout de celles qui se faisoient.

b Cét Edict passa, mais il fut augmenté de la maniere qui s'ensuit.

Neantmoins tant qu'vn Tarif neuf
Soit fait de toutes les denrées
Et des droicts deubs pour leurs en-
   trées,
On ne publiera point l'Arrest.
Cette clause fit voir qu'il est
Au Parlement de bonnes testes
Et que Messieurs ne sont pas bestes :
Car si l'Arrest eut esté sçeu
Au mesme instant qu'il fut conçeu
Et deuant que dans vne charte
On eut fait dresser la Pencharte   q
Des droicts qui se deuoient leuer,
On eut veu sans doute arriuer
Dans l'Estat quelques broüilleries
Et tous les iours des batteries;
Car on n'auroit plus rien payé :
Cela n'est pas verifié
Eut dit le Marchand à la porte
De tous les droicts de toute sorte :
Il l'est, auroit-on reparty ;
Non, si fait, vous auez menty ;
Ensuitte on eut couuert la joüe,
Puis au collet, puis dans la boüe,
Finalement vn nez cassé
Qui s'en seroit fort bien passé.
   Le lendemain Messieurs conclurent
Aussi tost qu'assemblez ils furent
Et deuant tout autre trauail,
De proceder au nouueau Bail
Des cinq grosses Fermes de France;
Et dans cette mesme sceance
Delibera- Ils opinerent sur les prests
tions fai-
tes sur les Que les Partisans auoient faits :
prests Les vns alloient à les esteindre,
Quelques autres à les restraindre,
C'est a dire à les moderer,
Et plusieurs à les differer
En vne saison plus commode,
Ou d'estre riche fust la mode
Comme en celle-cy d'estre gueux,
Notammant pour les vertueux :
Car pour la race financiere
Que tousiours on void la premiere
A prendre vne mode qui court,
Aujourd'huy qu'estre d'argent-court

q *La Pencharte est la Liste de tous les droicts que*
les marchandises doiuent payer.

Est la mode la mieux suiuie,
Bien loin d'en auoir nulle enuie ;
Fuyant cette mode, elle fuit
Celle qu'elle a faite, & qu'on suit,
Puis qu'auiourd'huy ses volleries
Sont cause de nos gueuseries.
   Quand ce vint au grand President
De nos Frodeurs le mieux frondât
Ce Blanmesnil qui ne s'enqueste,
Il dressa son humble Requeste
Tendante à ce qu'on esloignast
Auparauant qu'il opinast,
Les interessez dans l'affaire,
Veu qu'il n'estoit pas ordinaire
Qu'aucun fut Iuge en son procez
Et qu'il se donnast des placets ;
C'est (dit-il) chose trop connuë
Qu'entre nous est vne cohuë,
De traittans, de fils de traittans,
De cautions & de prestans :
Et qu'en ces mortelles approches
De se voir gueux, ou leurs proches,
Ils ne voudront pas bien refuer
Pour conclurre à se conseruer.
Se peut il parmy tant de monde
Dont la doctrine est si profonde
Qu'on n'ait pas debutté par là,
Auant d'opiner sur cela ?
   On vid lors la foce troublée
Des Maltotiers de l'Assemblée,
L'vn fait semblant de se moucher
Pour dans son mouchoir se cacher :
Vn autre tousse par addresse,
Vn autre crache, vn autre vesse :
L'vn ronge vn gland de son rabat,
L'autre sent le cœur qui luy bat,
En vain il veut cacher sa honte
Et la rougeur qui le surmonte
Luy peint son crime sur le nez.
Que de pauures gens estonnez
Mais plustost de riches en peine,
Sur tout quand Messieurs par cen-
   taine
Furent de mesme sentiment,
Et que Molé tout doucement
Exhorta ces riches coupables
Que Iuges d'eux-mesmes equita-
bles

Ils

Ils sortissent sans dire rien,
Ou disans qu'ils n'estoiét pas bien,
Ce qui paroissoit à leur mine,
Ou comme allans lescher vrine,
Ou pour autre necessité
Qui fait de l'incommodité,
Mais par bon-heur l'heure sonnée
Termina cette matinée,
Qui tardant encor à frapper,
Qu'on en alloit voir escamper
Qui pour rendre vn pretexte hon-
    neste
Auroient dit, i'ay mal à la teste?
Que de pisseurs, que de chieurs
S'alloient separer de Messieurs
Et dont le lendemain l'absence   a
Fit voir le crime & la prudence?

    Le Iour d'apres on poursuiuit
Sans qu'aucun Arrest s'ensuiuit,
Restant encor des voix à prendre:
Tous concluoiét de ne rien rendre
Aux Partisans de tous leurs prests,
Et d'informer encore apres.

    Quelque Feste ensuite fut cause
Et le *Te-Deum* de Tortose,   b
Que les prests ne furent frondez,
Messieurs ayant esté mandez
Et ne s'en estant peu desdire
D'accompagner là nostre Sire,
Cela tint tout le Mercredy,
Et dés le matin du Ieudy
Ils receurent vne Missiue
Qui leurs disoit, quoy qu'il arriue
Venez trouuer sa Majesté,
Pour là suiuant vostre arresté
Faire vostre humble remóstrance,   c
Ce que fit auec esloquence
Monsieur Molé sage vieillard
Pour rabattre aux Taillés le quart;
A qui fut faite repartie
Que la Cour estoit aduertie,
Qu'au lendemain asseurement
Le Roy venoit au Parlement.

Iour qu'auec magnificence
Le Roy, la Reyne l'Eminence
Les Princes & le Chancelier
Porterent pour verifier
Vn Edict pris à la boutique
Du plus raffiné Politique,
Edict dont ie vous feray part.
Remise des Tailles d'vn quart,
Vne tres expresse deffence
De transporter l'or hors de France,
Lettre de repy pour les prests,
Et commandement tres-exprez
D'achepter serrure tres-forte
Pour fermer à iamais la porte
De la Chambre de Sainct Louys,
Fait au Conseil signé Louys.
Apres qu'on eut fait la lecture
De quatre roolles d'escriture
Que pouuoit contenir l Edict,
Car vrayemét ie n'ay pas tout dit   x
Les droicts qu il met, ceux qu il re-
    uoque
Et tousiours sous quelque Æqui-
    uoque,
Dont Messieurs s'apperçeuans bien
Ne faisoient pas semblant de rien,
La Cour marmottoit en sa bouche
Qu'on la croyoit aueugle ou louche
Et ne s'en plaignoit qu apart soy
Pour garder le respect au Roy.
Les plus hardis hochans la teste,
Sauf de remonter sur leur beste
Lors que le Roy n'y seroit plus,
L'Edit passa sans nul refus.

    Mais si-tost qu'auec sa trouppe
Sa Maiesté monstra la crouppe,
Dés le premier matin d'apres
La Cour fronda sur nouueaux frais.
Et certes les premieres prestes
Ce fut les Chábres des Enquestes   b
Qui dés le fin poitron Iacquet
Auoient leu dans Monsieur Baquet
Tres-excellent Iurisconsulte,
Qu'vn Roy qui viét faire vn insulte

Seance du Roi au Parleemét le dernier Iuillet 1648.

Le Samedi 1. Aoust.

---

a   Ils s'absenterent le lendemain au nombré de plus de quarante.

b   Le Roi fit chanter le Te-Deum pour la prise de Tortose, où il manda le Parlement selon la coustume.

c   Cette remonstrance aussi esté ordonnée par vn Arrest il y auoit quelques iours.

x   Ie nomme ci-apres tous les Articles de cette Declaration suiuant l'ordre qu'ils furent reueus au Parlement.

b   Messieurs des Enquestes sans estre mandez vinrent prendre leurs places à la Grand'Chambre.

Et verifier des Edits
Sans souffrir qu'ils soient côtredits
Si-tost qu'il quitte sa sceance,
Doit oüyr auec patience
Il est auiourd'huy S. Lambert
Qui quitte sa place la pert:
Et que de plus on luy doit dire,
Vous deuez sçauoir nostre Sire,
Qu'Edits ainsi ratifiez
Sont fort bien deuerifiez.
Ce qui fait que ie coniecture
Que c'estoit sur cette lecture
Que ces Messieurs s'estoient in-
struits,
C'est qu'à peine eut on ouuert l'huis
De la grand Chambre qu'ils force-
rent
Tant brusquement ils s'y iettérent,
Que tous sans se faire prier
Y vinrent planter leur fessier
Et (pour clorre la parenthese)
Y prendre froidement leur aise.
Aussi tost le beau premier mot
Que dit leur President Perrot
Qui parla pour sa Compagnie,
Ce fut, Ie, le second, supplie,
Monsieur le premier President,
De permettre qu'en attendant
Que l'Edit qui vint hyer, se lise
Selon que veut l'ancienne guise,
Nous continuions sur les prests z
Car nous sommes venus expres.
Sur quoy dit Molé qui tempeste
Ie ne trouue pas bien honneste
Que l'on me prenne au pied leué;
Au reste tout est acheué
Et l'Edit contient toute entiére
Nostre Conference derniere.
A l'esgard de lire l'Edit,
Ie crois, & l'on m'a tousiours dit,
Qu'on peut demander l'Assemblée,
Mais non pas y venir d'emblée.
Cecy fut dit auec ardeur,
Mais c'est autant pour le Brodeur,
Messieurs des Enquestes qu'il drape
Ne sortiroient pas pour le Pape.

Ils respondent tous à la fois
Dont se forme vne estrange voix
Qui dit, Il faut qu'on delibere,
Et qu'on poursuiue à l'ordinaire
Dans la deliberation
Que permet l'Arrest d'Vnion,
Monsieur Molé qui les void fermes
Leur dit qu'on n'est plus dans ces
termes
Depuis la Sceance du Roy.
Si fait, disent-ils. Non ma foy
Repart le President de Mesme,
Ils le démentent tout de mesme.
Le vieil President le Cogneux
Qui les void dans leur iour har-
gneux,
Les adoucit, les amadoüe
En baise quelqu'vn à la joüe,
Donne à d'autres des poids sucrez,
Mais ils estoint si bien anchrez
Que pour rien ils ne desmarérent
Que les dix heures ne frappérent,
Et comme il estoit Samedy
Ils declarerent que Lundy
Ils reuiendroient prendre sceance.
Ce que Molé par sa prudence
Ce Lundy voulut preuenir;
Pour cét effet il fit venir
L'Edit auec que la Tournelle   z
Pour leur proposer la querelle,
Et voir si leur opinion
Iroit pour assembler, ou non.
Les vns ont pris la negatiue,
Et les autres l'affirmatiue:
L'vn a dit oüy l'autre a dit point.
L'vn aux point, l'autre aux ouys
s'est-ioint:
Et ces differentes cabales
Auoient des forces presqu'esgalles
Quand Môsieur de Broussel ouy ē
A renforcé celle des ouy,
Ayant amené des leuées
De nouuelles voix arriuees,
Qui donnant à bons coups de poing

z   *La Chambre de l'Edict & celle de la Tour-*
nelle.

ē   *Monsieur de Broussel dit qu'il falloit assembler &*
fut en instant suiui par plusieurs.

z   *C'estoit sur cette deliberation qu'on en estoit de-*
meuré auant la Sceance du Roi.

Sur la pauure trouppe des point,
Faifoient defia force conqueftes,
Quãt voicy Meffieurs desEnqueftes
Qui venans plus guais que Perrot,
Auec leur Prefident Perrot,
Ont demandé qu'on fift lecture
Et tous ont à perte d'haleine
De l'Edit de fraifche efmouleure,
Cét Edit, ce dernier Edit:
Le premier Prefident a dit,
Qu'ils font venus fans dire garre
A deffein de faire gabarre,
Et qu'on opinoit de cepas
S'ils viendroient, ou ne viendroient
   pas ;
Quand ils font venus fans attendre
La refponfe qu's'alloit rendre.
Que venir fans eftre priez
Et fans en eftre conuiez
C'eftoit auoir peu de courage,
Qu'attendans vn peu dauantage
On les mandoit auec honneur,
Que s'ils auoient encor du cœur,
Ils feroient vne promenade
Pour receuoir cette ambaffade.
Quelqu'vn d'entr'eux a refpondu
Que c'eftoit vn honneur perdu
Dont ils ne fe mettoient guere en
   peine,
Que fe foit leu, foit leu, foit leu:
Molé leur a dit, ergo glu,
Seruez Godard fa femme accouche,
Ce ne fera pas par ma bouche
Que l'Edit fera leu, s'il l'eft,
Il ne me plaift pas: Il nous plaift,
Ont repris Meffieurs desEnqueftes:
Viue Dieu, vous eftes des beftes,
N'a pas dit Molé tout en feu,
Mais il s'en eft fallu tres-peu:
Et fans que dix heures fonnerent,
Dans les bottes qu'ils fe tirerent
Et l'aigreur dont chacun parla.
On auroit bien dit par dela.

   Le lendemain Gafton de France
Vint effayer fa prefence
Moderero it les gens de bien,
Mais elle y fit autant que rien,
Et fut encor moins fructueufe

Celle du grand de Ioyeufe. v
Lors l'Edict qu'on treuua moulé
Ayant efté tout leu, Molé
A dit n'y voir rien à refaire,
Sinon que s'il eft neceffaire
D'y retoucher quelque cofté,
D'en fupplier fa Maiefté,
Vn bruit s'eftant fait dans la Salle,
Sommes-nous (dit-il) dans la
   Halle,
Puis il a recueilly les voix,
Dont i'en ay choifi deux ou trois
Pour vous faire vn rapport fidelle.
Celle de Monfieur de Brouffel
Eftoit que l'Edict fuft reueu
Par quatre ou cinq qui l'ayant leu
En feroient recit veritable,
Et cependant comme le Diable
De pourfuiure le Financier,
Et d'informer. Le chaud lancier
A repris fa Royale Alteffe,
Quoy pour vne Ordonnance ex-
   preffe
Il ne s'esbranlera pas plus,
Le Roy veut que de ces abus
On ne recherche aucune indice
Que dans la Chambre de Iuftice,
Et puis il croit feruir le Roy,
C'eft donc comme çà, par ma foy,
Là deffus d'vne façon drofle
Il mit fa main fur fon efpaule.
Brouffel au lieu de defifter
A dit qu'il vouloit adjoufter
Que l'on s'affemble à l'ordinaire
Et que fans ceffe on delibere
Sur les bons & fages aduis.
De la Chambre de Sainct Louys,
Et lors fon Alteffe Royale,
S'eft refcriée, Ah ! quel fcandale,
Quoy ne faire non plus de cas
De ce que le Roy ne veut pas
Que des pommes en Normandie,
Que croyez-vous dõc qu'on en die,
Quel Roy, dira Marigtaillon,
Ma foy c'eft Monfieur de Boüillon,
Qui s'il commande, rien ne bouge.

Sur ce Gaston deuient tout rouge,
Et iure desia tant qu'il peut
(ce qu'il fait fort bié quád il veut)
Lors qu'il entend des voix confuses
Qui respondent pour leurs excuses
Que si le Roy la deffendu,
Elles ne l'ont pas entendu:
Qu'il auoit bien fait des deffenses
De tenir plus de conferences
Dans la Chambre de S. Louys
Dont il vouloit qu'ó fermast l'huys
Le braue Launé les seconde,
C'est, dit-il se moquer du monde
De quitter l'interest commun
Pour rendre iustice à quelqu'vn;
Ce quelqu'vn prendra bié la peine
D'attédre encor quelque sepmaine
Que le public ait eu son faict
Deuant que d'estre satisfait.
Bref, ie suis d'aduis qu'on s'asséble
Et que sans cesse on voye ensemble
Ce qu'on peut faire pour l'Estat
Qui se trouue en piteux estat.
La peste, dit Gaston, i'enrage
Quand la Reyne a fait d'auantage
Que l'on ne pouuoit esperer,
Monsieur le viendra censurer?
Quand la Reyne a fait l'impossible
Pour rendre son Estat paisible,
Oignez villain, il vous poindra,
Poignez villain il vous oindra.
Lisez l'Edit pour voir la peine
Et le grád soin que prend la Reyne
Pour la guerison des Françoi:
Lisez le, deux, trois, quatre fois:
Que si leur mal est incurable
Veut-on qu'elle se dóne au Diable?
Qu'a ton peu faire humainement
De plus pour leur soulagement;
N'a-on pas promis qu'au plus viste
Sa Majesté (qui soit beniste)
Doit créer vn nouueau Conseil
Qui n'aura point eu son pareil;
Où tous les ordres du Royaume,
Paul, Pierre, Iean, Martin, Guil-
laume,
Artisans, Bourgeois, & marchands,
Soldats, Gens de Robe & des chã[ps]

Auront chacun voix en chapitre
Et dont elle sera l'Arbitre.
C'est là qu'on deliberera
comment la France guerira,
Et non point en vos conferences
De dangereuses consequences;
Et dont le Seignor Dondiego z
A tiré d'estranges ergo.
Ie sçay qu'ils ne sont pas en forme,
Mais ie ne sçay quoy de conforme
Qu'ils ont auec vostre lenteur
Malgré mon sçauoit me fait peur;
Ie tremble que la populace,
Qui n'alla de sa vie en classe,
Ne prenne pour sedition
Vostre continuation.
Souffrez donc que ie dise encore
Que vous estes de vrays-landore,
Surquoy Molé disant qu'ouy,
Comme Saueufe l'eut ouy,
Il luy dit, vous en estes cause
Vous-mesme auec vostre chose,
Auec vostre ouy qui n'est pas;
combien auons nous haut & bas
Demandé que l'on delibere?
Vous respondiez lere-lanlere,
Ou chantiez vn qu'en dira-t'on.
Il est vray, poursuiuit Charton,
Ie dis ça qu'il est veritable
Que monsieur en est seul coulpable:
Ie soustiens que luy ie dis ça,
Quand plusieursfois on le pressa
D'assembler les Chambres en vne
Renuoya Messieurs à Pamplane.
A quoy le premier President
Ne dit pas vn mot cependant:
Et sur le champ l'heure sonnée
Termina cette matinée. *Le 5. iour*
                  d'Aoust
 Le lendemain Gaston reuint
Et dit dans le discours qu'il tint
Qu'il auoit charge de la Reyne
D'annoncer à Messieurs sa haine
Sur leur deliberation:
Vne excommunication a

z L'Espagnol.
a *Maniere des Censures ecclesiastiques. Premierement on excommunie: quelqu é temps apres on l'engray. enfin on souffle vne bougie; qui fait dit-on courir le Lougarou.*

              S'ils

S'ils font encor demain de mefme,
Vn rengrauement d'anatheme
S'ils ne finiffent ce tracas
Pour efcouter des Aduocats.
Puis apres garre la bougie
Qui par vn fecret de magie
Fait des hommes des Loûgarous,
Qu'elle foufflera fur vous tous :
Ce que fur mon Dieu mon Alteffe
Ne pourroit voir qu'auec trifteffe
(Dit ce Prince en parlant de luy)
Mais enfin eft-ce d'auiourd huy
Que ie vous fais des Remôftrances
Au fujet de vos Conferences :
Combien ay-ie empefché de fois
Qu'on ne vous dôna fur vos doigts
Et qu'on ne vous fift voftre fauce?
Dieu fçait bien fi la chofe eft fauffe.
Meffieurs, ie vous le dis encor,
Le Roy n'a pas vn efcu d'or,
Ny des Tailles ny des Entrées
Depuis vos chiennes d'Affemblées.
Tous les Bureaux font abbatus,
Les Commis ont efté battus
Et n'ont pas eftrenné d'vn double :
Le peuple qui péche en eau trouble,
A regimbé des quatre pieds
Croyant que vous vous reuoltiez :
Et fi par voftre obeyffance
Vous n'effacez cette creance,
Peut eftre ie changeray auffi
Mes nô Seignor en Seignor fi.   a
Qui peut refpondre de vous mefme
Que cette authorité fuprême
Qu'on fçait que pour vn bô deffein
Vous auez voulu prendre en main,
Ne vous paroiffe vn iour bié douce
Vous ne fçauez pas qui vous pouffe
Ie conclus difant que le Roy
Se repofant fur voftre foy,
Sans voir le fac, fur l'etiquette,
N'impreuue pas que l'ô commette
Pour examiner fon Edict,
Et cependant qu'il interdit
Vos conferences pour quinzaine, a

a *C'eft à dire que moi qui ay touftours dit que non,*
pourray biẽ dire oui.
a *Par le mot de cõference, i'entẽs touftours l'affemblée.*

Ce n'eft quafi qu'vne fepmaine
Et i'efpere que pour fi peu
Vous n'irez pas crier au feu :
De ma part ie vous en fupplie
Et ma Harangue eft acconplie,
Si-toft que Gafton acheua
Monfieur Molé qui fe leua
Luy dit, Prince à voftre priere
Il n'eft rien qu'on ne veuille faire,
Nous en allons deliberer.
Mais on fe mit à murmurer,
Et dans ce bruit vne voix haute
Luy dit qu'il côptoit fairs fon hofte :
Que tous Meffieurs feroient rauis,
Qu'on fift relire leurs aduis,
Parce qu'en les faifant relire
Ils pourroient au moins fe défdire
Ou bien ne fe défdire pas,
Et l'on commanda de ce pas,
Au Greffier d'en faire lecture,
Ce qu'il fit. Mais par aduanture
On ne trouua pas vn Normand
De tous Meffieurs du Parlement
Bien qu'à chaque voix appellée
Gafton la prenant à vollée,
Dift, Iefus Maria, mes amis
Songez à Dieu, foyez foufmis :
Perfonne n'y voullut entendre.
Enfin il leurs dit pis que pendre :
Affemblez vous donc tous les iours
Pour moy ie m'en vais à Limours :
Quand i'y fonge, ie fuis bien befte
De me tuer icy la tefte
Et de parler à des Rochers :
Adieu donc Meffieurs les nochers,
Prenez le timon du nauire,
Ie ne veux plus vous en rien dire,
Et ie me retire à Limours
Laffé de parler à des fourds.
Mais vous me ferez refponfables
Des ruines inéuitables
Sous qui vous engagez l'Eftat
Par cette efpece d'attentat.
Pour moy ie vais me rendre Moine
Dedans le petit Sainct Antoine.
Sur ce mot il voulut partir
Quand il luy prit vn repentir
De fauffer ainfi compagnie

Auant la Sceance finie,
Et de coupper-cul sur le jeu :
Outre qu'il s'adoucit vn peu
Voyant la basque desdoublée
Par quelques-vns de l'assemblée,
Qui tiroient à force bras
Contre luy qui ne tiroit pas *
Et qui seulement par grimace
Fit semblant de quitter sa place.
De faict cét inconuenient
Fit chercher vn expedient
D'appaiser sa Royale Altesse
Pour qui la Cour auoit tendresse.
On luy dit cherchez vn biais
Où sans passer pour des niais
Messieurs puissent vous satisfaire,
Il n'est rien qu'il ne puissent faire.
Et lors par leur ciuilité
Le Prince tout rauigotté,
A dit, frondons donc comme vn
    autre,
Et que vostre aduis soit le nostre :
Il faut heurler auec les loups,
Et raffoler auec les fouls ;
N'allez pas prendre pour-offense
Ces deux Prouerbes que i'auance ž
Puisque iamais comparaison a
Ne reuint droite à la maison.
    Arrest s'ensuiuit de la sorte.
La Cour par son Arrest transporte
Le public aprés la Mioust,
Et iusqu'à ce temps surseoit tout :
Veut aussi que la Mioust close
On ne fasse plus autre chose
Que de vacquer matin & soir
Tant à l'Edict qu'il faut reuoir
Qu'aux propositions non veuës
Qui sont, les dernieres tenuës
Dans la Chambre de S. Louis
Ainsi l'on ne fit rien depuis
Que la Mioust n'eut fait voyage
Qui n'eut pas plié son bagage
Que Messieurs deuenus plus frais
S'assemblerent plus que iamais :
Et dés le premier iour ils dirent •

Au premier Arrest qu'ils rendirent,
Sur le premier poinct de l'Edict, a
Qu'ils emploierent tout leur credit
Pour en auoir s'il est possible
Vn qui soit plus intelligible
Où les Articles soient cottez
Au lieu qu'ils ne sont que dattez. b
    Le Mardy Messieurs resolurent
Sur l'Article second qu'ils leurent
Qu'ils supplieroient sa Majesté
De souffrir par ciuilité
Que les Tailles diminuées
Rettrogradent iusqu'aux années
Quarante-huict, quarante-sept,
Qui iouyront de ce bien-faict,
Sans que puissent dés ces remises c
Les non valleurs estre comprises
Ny charge affectée à ce quart,
Ains remise sur l'autre part.
    Le Mercredy, la Cour sceante
Voulut refaire la meschante,
Et reprit la frondre en ce iour,
Car comme depuis son retour
Elle n'auoit en deux Sceances
Ordonné que des Remonstrrnces
Que la Reyne ne craignoit point,
Voicy bien le Diable en ce point,
Qu'elle arresta que des leuées
Que l'Edict auoir reseruées   y
Tant qu'on n'en eut plus de besoin,
Dés ce iour n'iroient pas plus loin :
Celles aux Aydes publiées
Iusqu'en quarante-neuf payées :
Celles aux Comptes, tout autant,
Si la guerre doit durer tant)

Veut la Cour, & c'est la querelle,
Que deuant Ferrand & Brusselle
Soit fait & dressé le Tarif,
Treuuant le Conseil fort naif
D'auoir pris le soin de le faire :
Conseil qui iugea necessaire
De renuoyer seoir promptement
Gaston de France au Parlement,
Gaston qui se donna la peine
Suiuant vn ordre de la Reine
D'y venir faire le meschand.
Mais il en fut mauuais marchand,
Car malgré toute sa furie
Et toute sa criaillerie
L'Arrest ne fut point raiusté :
Seulement il fut arresté
Qu'ayant fait priere ciuille
De voir deux de Messieurs en Ville
Pour conferer auec eux trois
Touchant la pancharte des droits,
Messieurs Ferrand & de Brousselle
Commis au Reglement d'icelle,
Iroient le trouuer dans ce iour :
Et sur le reste, hors de cour.

Le Vendredy dás leur Sceance à
Messieurs dirêt que Remonstrance
Seroit faite à sa Majesté,
Pour voir de leur authorité
Proceder aux baux des cinq fermes
Que l'on n'a pas fait dans les termes
Que l'Ordonnance prescriuoit.

Le Samedy iour qu'il pleuuoit,
Messieurs dirent tous d'vne bande
Qu'on seroit au Roy reprimande
Pour auoir aduerty ce fonds :   b
Priere d'en faire vn second
Pour payer tout au long les gages :
Deffenses à ceux qui font sages
D'en traitter du retranchement :
Auec ordre presentement
Qu'on informe contre 3. hommes c

Chargez d'auoir presté des sommes
Sur cette alienation,
Hommes de basse extraction.

Prince en ce téps vint la nouuelle
De cette Victoire si belle
Que vous remportastes à Lens
Sur les forces des Castillans,
Où vostre Altesse qui fit rage
Et quelque chose dauantage,
A l'Archiduc donna l'eschec
Et le mat au General Bec,
Apres auoir pris à la ligne
Le courageux Prince de Ligne.
Ce fut lors qu'vn ambitieux
Sçachant ce succez glorieux,
Dit que pour finir la Campagne
Tandis que le Lyon d'Espagne
Sous ce coup restoit estourdy,
Il falloit d'vn pas plus hardy
Aller tout droit prendre Brussell :
Que cette prise seroit belle
Si le Roy la pouuoit garder :
Que bien que ce fut hazarder.
Il n'est rien tel que tousiours prédre
Sauf s'il le faut apres de rendre.
Son Conseil qui reussit mal,
Plus fort au Palais Cardinal :
Pour l'executer on assemble
Ce qu'on peut de forces ensemble,
On prend le iour du *T. Deum*
Pour rauir ce Palladium,
Ce Bruosselle non pas en Flandre
Côme quelqu'vn pourroit l'étédre,
Mais Bruosselle, ce bon grison
Les amours de Dame Alison,
De Iaqueline de Pasquette,
De Perrine, de Guillemette,
Et le Beaufort de ce temps là
Qui fut mené deçà delà
En Procession generalle
Par les Bourgeoises de la Halle,
Comme vous le verrez descrit
Dans la suitte de ce recit.

C'est icy petite Moresque
Ma pauure sœur, Muse Burlesque
Que ie t'inuoque tout de bon
Ne va pas me faire vn faux bond
Et sçache que si tu t'y ioües,

---

a *On deliberá sur le quatriesme Article, qui portoit
simplement qu'à l'aduenir les Fermes seroient adiu-
gees suiuans les Ordonnances.*
b *Le cinquiesme Article, portoit que les Officiers
ausquels on a osté les gages seront paiez d'vn quartier
cette année, d'vn & demi la prochaine, & de deux en
1650 ou dauantage s'il se peut.*
c *Ces trois hommes estoient Catelan, Tabauret & le
Febure.*

Ie te couuriray les deux iouës :
Ma Muse sers moy donc des mieux,
Ou ie t'arrache les deux yeux,
Voudrois-tu bien estre aueuglesse
Et dire l'Antienne à la Messe ?
Mais desia ie me sens ayder
Et i'ay tort de te gourmander,
C'est mon cœur ce n'est plus la laide
C'est la belle Fanchon qui m'aide.
   Ce fut vn Mercredy matin
Que le *Te-Deum* en Latin
Se chanta dans la Cathedralle :
Iour qu'vne trame desloyalle
A l'appetit d'vn desloyal
S'ourdit dans le Palais Royal.
A l'abord pour sa reussite
Le Conseil eut preu de conduite,
C'estoit assez bien enfourné
Pour vn coup mal imaginé,
Car sous pretexte du Cantique   c
Qu'on vouloit rendre magnifique
Et porter iusques dans l excez
Selon la grandeur du succez,
Le Conseil fit vne malice :
Il mande toute la milice
Qui pouuoit estre dans Paris ;
De tous ces gens les vns sont mis
Sur le Pont-neuf au Pont au Chãge
Et quelques autres que l'on range
Vers Nostre-Dame, aux enuirons,
Pour se saisir de tous les Ponts.
Cependant par tout on publie
Que c'est pour la ceremonie
Que se fait ce grand appareil,
Où le Roy vint comme vn Soleil
Et s'il en est outre le nostre,
Il vient encor comme cét autre,
(Car il auoit ce Roy d'amour
L'escl t de plus d'vn œil du iour)   d
Le peut de part qu'auoit son ame
A cette malheureuse trame,
Luy laissoit vn vif sur le teint
Qui sur sa fuitte estoit esteint.
La ceremonie estant faite

e *Sous pretexte du* Te Deum, *où le Roi voulut assi-*
ster auec le plus de fuitte qu'il peut, on mit sous les ar-
mes tous les Soldats & les Officiers qui estoiët à Paris.
d *Le Soleil s'appelle chez les Poëte l'œil du monde*
& dans le Burlesque il se peut appeller l'œil du iour.

Sa Majesté fait sa retraitte
Parmy les boettes les canons
Et les brou ou ou ou tampons.
   Vne heure estoit desia sonnée
Chacun songeoit à la disnée
Et chacun pour voir à son pot
Allo t moins le pas que le trot.
Desia le bon homme Broussel
Auoit fait dresser son escuelle,
La seule peur de se brusler
L'empeschoit lors de trauailler :
Il souffloit desia sur sa souppe
Quand voicy venir vne trouppe
De gens bien faits dans sa maison :
Luy qui vit sans comparaison
Plus sobremët qu'aucun Hermitte,
Et dont la petite marmitte,
Ne contient rien de superflus,
Voyant tous ces nouueaux venus,
Dit à sa seruante Marie,
Courrez à la rotisserie :
Et si-tost qu'il peut se leuer,
Messieurs, vous plaist-il de lauer
Vous ferez tres-mauuaise chere,
Excusez, la viande est bien chere :
Piarot, faites venir du pain :
Thoinon, allez tirer du vin,
Dit-il, à l'aureille, à l'aisnée
Fille tres bien disciplinée,
Papa (dit-elle) il est au bas,
Ma fille n'y allez donc pas.
Sur ce dialogue, vn maroufle
Saisit ce bon homme en pantoufle,
Et sans qu'on luy donne le temps
De prendre ny manteau ny gands,
Ny de baiser ses pauures filles
En leurs disant soyez gentilles,
Suiuy de sa seule vertu,
Et d'elle seule reuestu,
On le iette au fonds, on l'enleue
Dans vn Carosse qui se treuue.
Son maistre Clerc crie aux voleurs
Tandis que l'autre fond en pleurs,
Ce qu'entendant de loin Marie,
Qui vient de la rotisserie
Achepter vn quartier d'Agneau
Auec vn tres gros Pigeonneau
Le tout plus tendre que rosée,

D vne

Du Mer-
credi 26.
Aoust 48
Barrica-
des.

D'vne amour fidelle embrassée,
Elle iette-là son achape,
Dont se troua fort bien le chat,
Elle court apres son cher Maistre,
Le voisin ouure sa fenestre
Et ce voisin fort bon voisin,
Quitte-là son pain & son vin,
Pour courre & crier auec elle,
On a pris Monsieur de Brusselle,
A ce nom le gueux court aussi.
Desia le monde s'est grossi,
Desia chascun demande qu'est-ce,
Et pour le sçauoir vient en presse,
Quand le Carrosse ayant fait crac,
Le cœur à Cominges fit crac,   q
Il voit sa voiture qui cloche,
Auec le monde qu'il s'approche,
Il voit qu'on s'arme d'vn baston,
Qu'on crie aux armes tout de bon;
Que la trouppe deuient plus grande
Par l'vnion d'vne autre bande,
Qui dit qu'on a pris Blanmesnil,
Dans cét estat que fera-il?
Il est prest à lascher sa proye,
Quand il rencontre sur sa voye
Vn carosse qu'on remenoit
Querir son Maistre qui disnoit,
Il y monte auec sa capture,
Et laissant son autre voicture,
Il faict sa retraitte à grands pas
Escorté de quelques soldats.
  Cependant cette trouppe esmeuë
Bien qu'elle l'ait perdu de veuë,
Ne se relasche peu ny prou,
Elle court comme vn chien fou:
Elle fait fermer les boutiques,
Tendre chaisnes, prendre les pic-
    ques,
Despouiller les armes à feu,
Battre le fer, iuger vn peu
Retrousser aux gens de soutanne
Leurs chappeaux à la Catalane:
La nouuelle s'espand par tout,
Paris s'esmeut de bout en bout,
Paris cette beste feroce,
Paris cét horrible colosse

Qui s'il alloit faire vn faux pas
Entraisneroit la France à-bas.
Les Gardes qu'on auoit postées
Sur le Pont-neuf sont tapotées,
Et dessus tous les autres ponts
On frotte les Cohintanpons,
Aux enuirons de Nostre-Dame
Le Bourgeois aiguise sa lame
Que pour tirer de son fourreau
Le bon homme s'est mis en eau;
L'ame dont la garde à la Suisse
Luy meurtrira bien tost la cuisse
En dandinant à son costé
Dans vn baudrier mal porté,
Il n'est plus presque de canaille
Parmy ce peuple qui piaille;
Ce mot de canaille a fait flux
Par mains honnestes gens venus
du marché Neuf & de la Halle.
    Dans cette esmeute generalle
Monsieur nostre Coadiuteur
Fait le deuoir d'vn bon Pasteur;
Ce grand Prelat monte en carosse
La mitre en teste auec la crosse;
Dans ses habits Sacerdotaux,
Il fait vn sermon aux courtauts,
Il les exhorte à la retraitte,
Il les prie, il les admoneste
Au nom de quasi tous les saincts;
Il les appelle ses poussins,
Son cher trouppeau, sa bergerie,
Mais les moutons sont en furie,
Ils ne veulent plus de Berger:
Ils passent iusqu'à l'outrager.
Tu n'es pas Monsieur de Brusselle
Luy dit vne brebis rebelle,
Retire toy donc gros Camart,
Parole digne de la hart
Si iustice eust esté renduë
Aussi bien qu'elle estoit perduë.
Est-il vn homme plus ciuil
Que fut le Lieutenant Ciuil
Tant que durerent ces bourasques?
Il va du-pied comme à Basques
On le void tousiours chappeau bas
Dire Monsieur à tour de bras
Embrasser vne Harangere,
Appeller l'autre ma commere

 Monsieur de Cominges commandoit les Archers qui prirent Monsieur de Broussel.

La prier de ne sonner mot :
Mais qu'il l'obtiéne, au Diable-zot :
Il entend celle qu'il accolle
Gueuller par dessus son espaule,
Et l'autre qu'il daigne prier,
Estre la premiere à crier.
Que faire en cette conioncture ;
Voilà bien de la tablature,
Le peuple n'entend plus raison,
Ils s'en retourne à sa maison.
Le Preuost des marchands s'auance
En faisant humble reuerence,
Nul ne daigne le saluer,
On menace de le tuer,
Il les reprimande, il les prie,
Et comme il ne hait pas la vie,
Son zele estant hors de saison
Il s'en retourne à sa maison.
Monsieur Bonneau croit que sa
    charge,
L'oblige d'aller à la charge,
Il y court auecque valleur,
Il poursuit auecque chaleur :
Le desordre est tousiours de méme,
Et voyant qu'à ce mal extréme
Il ne peut donner guerison,
Il s'en retourne à sa maison,
Heureux de reuenir sans playe.
    Le Mareschal de la Meilleraye
Auec quelques gens à cheual,
Veut sortir du Palais Royal
Pour rompre cette populace,
Il part, dame c'est vostre grace,
Le peuple luy casse du grais,
Les pierres luy parlent de prés,
Il est frappé de quelques vnes
Dont il fait de grosses chatumes,
Et le jeu ne luy plaisant pas
Il s'en retourne sur ses pas,
Ayant fait durant la meslée
Vne action plus signalée
Que ne fit jamais nul Romain,
Il tua de sa propre main,
Qui pensez-vous que j'aille dire
Et qu'il mit en four pour occire ?
Vn crocheteur ; vn porte-faix
Pauure hôme qui n'en pouuoit mais

Et qui gagnoit sa pauure vie
Dans l'instant qu'elle fut rauie.
Ce Mareschal presque enragé
Chargea le Crocheteur chargé :
C'est l'ennemy qu'il prit à tasche,
Il l'approche, le joint, luy lasche,
Dois-je dire à brusle-pourpoint
Hé ! le pauure homme n'en a point
Disons donc à brusle chemise,
Que ce matin il auoit mise,
Il luy lascha le pistolet,
Et puis comme s'il eut bien fait
Il cria, Victoire, victoire ;
Cette action paroist si noire
Aux yeux de tous les combattans
Qu'ils redoublent en mesme temps
Leurs clameurs & leurs coups de
    pierre,
Ils leuent les pauez de terre :
Ils menacent de gouspiller
Ceux qui ne viendront s'enroller
Dessous l'estendart de Brusselle :
Leur rage en des quartiers est telle
Qu'ils foncent portes & panneaux,
(Appellez-vous ça des Moineaux ?)
Le Bourgeois demande à quels til-
    tres,
On fait faire dina ses vitres :
Ils respondent que par la mort
Ils le pilleront s'il ne sort :
Le Bourgeois qui craint le pillage
Prend son vieil mousquet de mes-
    nage,
Et leur ayant dit ie vous suis,
Vient se planter deuant son huis,
Il tend la chaisne de sa ruë,
Il n'a plus en bouche que tuë,
Il se cantonne en son quartier,
Il fait du bruit d'vn Bahurtier,
Et passe la nuict de la sorte
Chacun couché deuant sa porte,
Où parmy le bruit qui se fit,
Il fut bien fin s'il s'endormit.
    Le lendemain la belle aurore
Ne commençoit qu'à poindre en-
    core
Quand nostre Bourgeois se leua,

Iuedy 27
Aoust.

_____
a *Le Procureur du Roy au Chastelet.*
b *Ce Crocheteur estoit chargé.*

Et que nouueau trouble arriua.
Le Chancelier (dont ie m'estonne)
Pour vne tant prude personne
Fit vn tres-vilain pas de Clerc :
Pour le nier il est trop clair :
Ou bié il nous prit pour des Grues :
Il osa venir dans les ruës
Soit par gageure seulement
Soit pour aller au Parlement
Dont il se mit dessus la routte,
C'est ce qui fait que l'on s'en doute.
Il fut assez consideré
Dans le quartier sainct Honoré,
Il passa sans beaucoup de peine
La premiere & seconde chaisne.
Il est desia sur le Pont-neuf,
Plus guay que n'est vn homme veuf
Qui pert vne meschante femme.
Il croit desia dedans son ame
Estre arriué sans accident,
Mais il ne l'est pas cependant :
Encore vn pas fera sa cheutte,
Encor vn rien fera l'esmeute.
Voyant de dix pas en dix pas
Qu'il falloit mettre chaisne bas
Pour laisser passer sa broüette,
Et qu'il n'auoit pas longue traitte,
Il aime mieux se mettre à pié,
Mais comme il estoit espié,
Dés aussi tost qu'il eut pris terre,
Vn foudre, vn orage vn tonnerre,
Commence à s'esleuer en l'air,
Il reconnoist son pas de Clerc,
Il voudroit estre dans sa case,
Il dit, Ie suis vn grand Vietdase.
D'estre sorty par ce temps-là,
(C'est le terme dont il parla)
Et ie n'osois pas mesme escrire
Cette iniure qu'il osa dire,
Et digne qu'vn beau démenty
Par les mœurs luy fut reparty ;
Mais quoy, l'Histoire est veritable,
Et cette obmission notable
Accusant ma fidelité,
I'allois perdre la qualité
De Burlesque Historiographe
Qui sera dans mon Epitaphe.
Or tandis que le Chancelier

S'amusoit à s'iniurier,
L'orage augmentoit à sa veuë,
Il voyoit espoissir la nuë,
Le foudre en carreaux eselattant,
Il dit ouf, & puis courut tant
Que ie pense qu'il court encore,
Ou pour finir la Metaphore,
Ie vous diray qu'vn tas de gueux
Et quelques filoux auec eux
Fondent de mesme qu'vn orage
Sur cét illustre personnage,
Qu'ils le poursuiuent à gráds coups
De crocs, de leuiers, de cailloux,
Qu'ils medisent de ce grand hóme,
Qui dás la peur qu'on ne l'assomme,
Prend ses deux iambes à son cou,
Aimât mieux courir comme vn fou,
Que cóme vn fou demeurer ferme,
Et mourir peut estre auant terme,
Il fait le signe de la Croix,
Dit son Chapelet par ses doigts,
Se recommande à son bon Ange,
A monsieur S. Michel Archange,
A sainct Pierre son bon parrain,
Et gagne tousiours le terrain :
Il fuit, on le suit, il auance,
Et comme on le presse, il se lance
Dans l'Hostel d'O qu'il treuue ou-
        uert,
Et là se tient clos & couuert,
Les vns disent dans vne malle,
Dans vn paquet de linge salle,
Disent d'autres, & quelques vns
Que ce fut dans les lieux commủns,
Où la peur de l'heure derniere
Le faisoit aller du derriere :
Et que là ce grand Magistrat
Voulant mourir en bon estat,
Se mit à genoux sur le siege,
Tout le temps que dura le siege
Qui fut mis deuant cet Hostel,
Et cela ie le tiens d'vn tel.
Or sa priere fut si bonne
Qu'auant qu'il eust acheué None
Qu'il lisoit en vn Diurnal,
Le Sur-Intendant Mareschal   a
Vint plus fort que cette geusaille,

a *M. de la Meilleraie qui estoit lors Surintendant*

Et par la legere bataille
Qu'il n'eut pas de peine à gagner,
Le reprit, & le fit saigner.
Dequoy la nouuelle portée
Par cette canaille frotée,
Aux Bourgeois des lieux d'alétour,
Il s'arme, il fait vn demy tour,
Croyant coupper la Meilleraye;
Mais sa creance n'est pas vraye,
Car après quelque chamaillis,
Et d'assaillans & d'assaillis,
Où de la perte d'vne vie
Celle d'vn chappeau fuc suiuie;
Où l'on vit le pauure Picot   b
Apres quelque coups de tricot,
Rendre à Dieu son ame & son estre,
Et perdre auec douleur son Maistre,
Maistre qui le perdoit aussi,
Car tous deux se perdoient ainsi:
En depit de la populace,
Le Sur-Intendant à la face
Du Bourgeois qui fit assez mal,
Rentra dans le Palais Royal.
La canaille peu satisfaite
De bon heur de cette retraitte
Tourne visage & tout dego,
Vient tout piller dans l'Hotel d'O.
Cependant que la Cour assise,
Monstrant son deuil & sa surprise,
A fait Arrest, d'aller en corps
Demander au Roy ses consors,
Et sur le champ elle est partie,
Non pas toute, mais en partie.
Dans le chemin qu'elle a tenu,
De tous les costez elle a veu
Mille baricades plaisantes,
De mille sortes différentes,
L'vne de muids, l'autre de grais,
L'vne de terre, & l'autre d'aix;
Et quelqu'autre de massonnage:
Elle a treuué dans son voyage
Mille chaisnes que pour passer
Elle a bien daigné se baisser,
Mille mousquets & mille picques
Posez sur trois mille bariques,
Deux cens mille homme resolus,

b   *C'estoit l'Exempt qu'auoit M. le Chancelier.*

Et plus de vingt meres galus
Dont l'vne disoit vn blasphesme
Contre l'honneur du Diadesme,
Et dont l'autre l'estourdissoit.
Qui criant comme elle passoit
Viue le Roy, viue Broussel,
Vouloit que la Cour dist côme elle;
Ce qu'elle n'osoit refuser,
Le peuple osant tout oser.
Iusques-là qu'vne de la trouppe
Ayant mis du vin plein sa couppe,
Tira quelqu'vn du Parlement
Et luy dit tout resolument,
Par Sainct Iean, Monsieur, il faut
      boire,
Ou vous monstrerez vostre Histoi-
      re:
C'est la santé du prisonnier,
Vous ne la sçauriez desnir,
Surquoy la Cour qui fit consulte,
Voulut que crainte du tumulte,
Le Conseiller but sur le champ
Ce qu'il treuua tres-meschant.
Apres cent rencontres grotesques,
De baricades tres burlesques,
De trente fossez pour le moins
Qu'il fallut sauter à pieds ioints,
Nos Senateurs qui les sauterent
Au Palais Royal arriuerent,
Et là s'estant tous defublez
Deuant forces gens assemblez,
Monsieur Molé dit à la Reyne.
Sommes nous des Tireurs de laine,
Des Couppejarets, des Filoux?
Où vos Ministres sont ils fouls,
(Car il faut que soit vostre, ou no-
      stre.
De ces adiectifs l'vn ou l'autre.)
D'appeller fou vostre Conseil,
On m'arracheroit plustost l'œil:
A ce conte aussi ma Princesse
La Cour est vne larronnesse,
De persuader que la Cour
Soit capable d'vn lasche tour,
Et que le Guet passant l'ait veuë
La nuict à quelque coing de ruë
Vous le ferez mal aisément:
Ça donc sans tant de compliment
                              Rendez

Rendez-nous Mōsieur de Broussel
Soyez aussi bonne que belle?
Pour moy i'ay tousiours reputé
Que vous ne l'auiez qu'emprunté :
Madame, il est temps de le rendre,
Le peuple ne veut plus attendre,
Marry, que sans nul interest
Nous en ayons fait vn prest :
Il ne veut point se satisfaire
D'vn contract pardeuant Notaire,
De blanc signez il ne prend pas,
De parole il ne fait nul cas,
Il ne preste rien que sur gage,
Voila l'humeur du personnage.
Encor n'a-il iamais presté
Que pour rendre à sa volonté.
Ruminez en voltre pensée
Si vous en estes si pressée
Qu'il faille au peuple de Paris
Emprunter Broussel à ce prix?
Et sans vous donner la pilulle,
Voyez si vous auez vn Iulle c
A luy donner pour i'interest?
Ie dis la chose comme elle est,
Ce peuple veut auoir vn Iulle,
Ce peuple pire qu'vne Mule.
Et plus obstiné mille fois,
Dit qu'il vous laisseencor le choix
De donner vn Iulle, ou de rendre
L'homme que vous auez fait pren-
dre.
Ie vous puis iurer sur ma foy
Que si c'estoit aussi bien moy,
Toute vsure estant criminelle,
I'aymerois mieux rendre Broussel,
Car si ie n'ay mal entendu,
Voltre Iulle seroit perdu
Dés que vous l'auriez mis en gage
Et le peuple en feroit pillage.
Rendez donc Broussel au plustost
Puisques c'est vn faire le faut,
Et puisques tout vous y conuie,
Voltre Iustice vous en prie,
Voltre bonté le veut aussi:
Perrette le desire ainsi;
Messieurs des Halles vous en som-

Vn Iulle est vne Monnoit d'Italie.

ment,
Et dix mille gueux qui le nomment
Leur tres-honoré Pere-grand:
Les chaisnes que la Ville tend,
Les Barricades qu'elle esleue,
Auec les armes qu'elle leue;
Le temps, l'esmeute, & le danger
Vous y doit sans doute obliger.
Cette esmeutte est vniuerselle,
Pour moy ie crois qu'on vous la
celle,
Ou toute entiere, ou par moitié
Sur mon ame c'est grand'pitié
De n'ouyr plus que piffe & pouffe
Que bedoudou, que crier ouffe,
Que iernis que morts, testes, sens,
De gens armez iusques aux dents,
De ne voir que muids & que chais-
nes,
Qui font aux passants mille peines
Ma Princesse au nom du Sauueur
Accordez moy cete faueur,
Rendez l'homme que ie reclame,
Vous serez vne braue femme.
La Reine au contraire tint bon
Et repartit tousiours que non :
Luy dit que ce qu'elle a fait faire
Elle la iugé necessaire,
Et qu'il faisoit vn grãd quanquand
D'vn bruit qui n'estoit pas si grand,
Qu'on n'y peut aisément mettre
ordre.
Puissay ie le cou me desforde,
Repart le premier President,
Si le peril n'est euident,
Et que le grand Diable m'emporte
Si l'esmeutre n'est pas plus forte
Que toute voltre authorité
Iointe auec voltre Maiesté:
Si vous n'en auez la creance
Enuoyez voir son Eminence,
Il vous dira si i'ay menty.
Et lors la Reyne a reparty,
Qu'il soit faux, qu'il soit veritable,
Que ce bruit soit Histoire ou Fable,
Ie ne m'en veux point enquester,
Et c'est à vous de l'arrester.
Quod scripsi, scripsi, dit Pilate,

I

Moy qui ne fais rien à la haste,
Ie vous dis *quod feci, feci.*
Adieu, retirez vous d'icy.
Et lors cette Princesse entière
Sort de la Salle la premiere.
Le premier Président la suit,
Et se fourre auec sept ou huict
Dans le cabinet de la Reine,
Mais il pert son temps & sa peine;
Si le peril (dit elle) est grand,
c'est vous qui m'en serez garand;
Et Madame la Presidente :   x
Elle n'est plus (dit-il) viuante,
Elle a (dit-elle) des enfans
Qui m'en respondront dans mille
  ans.
Quand on prit feu M. le Prince
L'ébruit de Paris fut tres mince
Ie pourrois arrester son fils
Sans qu'on vist remuer Paris,
[Disoit cette grande Princesse,
Voulant parler de vostre Altesse.]
Et pour vn petit Conseiller,
Le peuple voudra chamailler ?
Allez tirez vos chausses, ouffe,
Messieurs au nom de Dieu i'estouf-
  fe;
Et de faict dans vn cabinet
Qui tient à peine six ou sept,
Ils estoient entrez pres de trente
Qui pressoient la Reine Regente.
Nos gens fort tristes & confus
De ce reiteré refus
Qui faisoit la perte totalle
De Paris Ville Capitalle,
Se retiroient les yeux baissez,
On leurs crioit, Messieurs, passez,
Quand apres quelque Conference
On treuua son Eminence,
Ils conclurent de retourner
Pour dans la grand'Chambre opiner
Sur la parole & la promesse
Que donna sa Royale Altesse,
Qu'en cas qu'ils iurassent leur foy
D'obeyr desormais au Roy,
Et remettre leur assemblage

rour deux mois ou pour d'auanta-
  ge,   a
Brusselle leurs seroit rendu
Sain & causant comme vn perdu.
Mais à peine ils sont dans la ruë,
Que la populace bourruë
Ne voyant point le prisonnier,
Le met bien fort à renier.
Molé l'ennemy du blaspheme,
Veut s'emporter dez le deuxiesme;
Mais côme il leurs croit dire holla,
Ils luy demandent, qui va là,
Luy presentent la hallebarde,
Crient, Caporal : hors la garde :
A ce cry vient le Caporal,
Qui par malheur vn peu brutal
Leur demáde pour quelque cause;
Et respond, ce n'est pas grá'chose,
Comme on luy dit que c'est la
  Cour.
Et Broussel est il de retour,
Boursuiuit ce Caporal yure,
Molé dit que non. Las de viure;
Dit le Caporal à Molé,
Il faut que tu sois empalé;
Mes compagnós il faut qu'il meure
Cà, confesse toy tout à l'heure,
Et depesche ton chapelet.
Et lors il le prit au collet;
Quád quelques autres de la bande
Dont l'ardeur n'estoit pas si gráde,
Dirent qu'il falloit bien plustost
Le retenir comme en depost :
E : les autres qui l'emporterent,
D'vn commun accord arresterent
De renuoyer le Parlement
Prier le Roy plus instamment
D'yne priere qui fut telle;
Qu'elle leur fit rendre Broussel,
Si bien qu'ils poussent à grands
  coups.
Nos Messieurs sens dessus dessous,
Où plusieurs d'entr'eux se perdirét,
Et plusieurs qui se trauestirent
Pour passer auec moins de mal :
Les autres au Palais Royal,

<hr>

x *La Reine leur dit que leurs testes, leurs femmes*
& leurs visages luy respondroient du desordre.

a *On leur propose de ne s'assembler plus qu'apres la*
S. Martin.

Par vn celebre Arrest conclurent
Si tost qu'arriuez ils y furent,
Qu'on feroit au Roy compliment
Sur le iuste eslargissement
De Broussel leur cher confrere,
Vn autre à la Reyne sa Mere.
Et de plus fut tous entendu   b
Dans cét Arrest qui fut rendu,
Qu'à la reserue du Tarif,
L'assemblée estoit apocriffe,
Iusques au beau premier matin
Qui vient apres la S. Martin:
Sans que pourtant chose iugée
Puisse estre en rien endommagée.
Aussi-tost apres cét Arrest,
On tient vn Carosse tout prest,
Lettre de Cachet s'expedie,
Dont la Cour prend vne coppie
Qu'elle lit au peuple tout haut:
A quoy repart quelque Pitaut,
Ie n'en croy rien, c'est vne baye,
La signature n'est pas vraye,
Monsieur Molé luy respond, lis:
Lors il lit, lou, lou, c'est Loüys,
Ie le connois, c'est nostre Sire,
C'est assez, ie ne veux plus luire,
Repart le Pitaut à Molé:
Vn autre plus esceruelé
Reprenant l'alarme plus chaude,
Se demeine, peste, clabaude,
Asseuré que Broussel est mort,
Sur ce qu'on n'a point mis de port
Comme aux autres, à cette Letre:
Il dit qu'on n'en a point fait mettre
Afin qu'on ne la rendit pas,
Les Courriers faisans peu de cas
Et n'ayans pas le soin de rendre
Celles dont ils n'ont rien à prendre
Et là-dessus voulant frapper
Ceux qui le vouloient detromper,
Nostre Cour qui fait tant l'illustre
Appella Monsieur ce gros rustre
Qui n'estoit qu'vn Tancur de cuir,
Et fut toute heureuse de fuir.

S'estant l'a trouuée à la veille
De laisser du moins vne aureille
Pour ne pas dire toutes deux.
Cependant le peuple fougueux
Recommença la Barricade,
Et sans crainte d'estre malade
Passa la nuict sur le paué.
Tant que le iour se fut leué,
Iour qu'il vid des hyer esclorre,
Et qu'il vit ce matin encore,
N'ayant point couché ces 2 nuits,
Dont s'apperceurent quelques
    muids:
Ce fut ce matin que la ville
De confuse deuint tranquille
Par le retour du bon vieillard
Qui parut plus frais & gaillard
Qu'il n'estoit auant sa sortie:
A peine en est elle aduertie,
Qu'elle court pour en approcher,
Pour le voir ou pour luy toucher,
Et comme si sa connoissance
Luy valloit pleniere indulgence,
Elle y court comme au Iubilé,
Quand vn faux bruit s'estant coullé   c
Que ce n'estoit que sa figure
Et qu'il n'estoit plus en nature,
Le peuple commence à rugir,
A heurler, à braire, à mugir,
Et veut faire dans sa furie
D'vne ville vne boucherie,
On luy dit qu'il se porte bien,
Mais comme il croit qu'il n'en est
    rien,
Et que Broussel est hors du monde,
Il n'en est point qui ne responde
Dieu luy donne son Paradis
L'vn luy dit vn *Deprofundis,*
Et l'autre d'vn visage calme,
Asseure qu'au lieu de ce Psalme
Vn Te *Deum* siedroit bien mieux,
Puis qu'il retourne glorieux:
Et dans ces sentimens contraires
Touchant le choix de ces prieres,
L'vn chante, petit Iean est mort,
L'autre respond, non fait il dort.

Vendredi 28. Aoust retour de Monsieur de Brousfel.

b *Il fut arresté in mente curiæ, qu'il seroit sursis à la reuenë des Articles de la Declaration du dernier Iuillet: & aux propositions de la Chambre de S. Louis.*

c *Le bruit courut que Mr. de Broussel auoit esté estranglé, & qu'on n'en rapportoit que le corps.*

Enfin le voicy qui s'aduance,
Le voicy, qui par sa presence
Fait gagner plusieurs qui deuant,
Gagerent qu'il estoit viuant,
Et perdre en mesme téps les autres
Qui disoient pour luy Patenostres
Et qui gageoient qu'il estoit mort,
Quand il vint les mettre d'accord.
Incontinent le deüil se cache,
Et le ris dessus sa moustache
Gagne Paris en vn instant,
Chacun paroist aussi content.
Que chacun auoit esté triste,
Chacun se respand sur la piste
Où le Carosse doit passer,
Et non content de se presser
Il ne croit pas la feste bonne
S'il ne void estouffer personne.
Les Harangeres dans ce iour
Endossent leurs habits de Cour,
Et vestant camisolles blanches
Qu'elles ne mettent qu'aux Diman-
ches,
L'attendent dessus le chemin,
Chacun le bouquet en main.
Aussi tost qu'elles le découurent
De loin en deux elles s'entrouurent
Et luy font signe d'arrester,
Afin de le complimenter.
Celle qu'on treuua la mieux mise,
Ce fut (dit-on) Dame Denise
Qui comme Doyenne, parla.
Enfin Monsieur vous reuoila,
Ma Messe n'est point inutile,
Ny l'Antienne ny l Euangile
Que i'ay sur mon escofion
Fait dire à vostre intention.
Viés mon chei cœur que ie te baise
Et que ie tembrasse à mon aise.
Elle dit, & d'vn mesme pas
Ayant mis la portiere à bas,
Elle sautte au cou de Broussel
Euelle tire à terre auec elle
Qr lors ce bon homme est mouss
Tant qu il en est tout essouflé
L'vne prend vn le de sa robbe
Qu'elle luy couppe & luy déro

Dans le dessein de l'enchasser,
L'autre le veut faire dancer,
Bien qu il soit septuagenaire
Et de plus valetudinaire.
L'vn le mouche auec ses doigts,
Vne autre luy donne des noix,
Et veut qu'il monstre ses quenotes
D'autres qui n'estoient point tant
sottes,
Le vont baiser effrontement,
Mais le serrant trop rudement
Elles luy foullent la partie
Que ie tairay par modestie,
Et que par la main qu'il y mit
Chacun assez clairement vit.
Surquoy cria Dame Denise,
Adez; c'est cette cotte grise.
C'est cette-là, sans dire qui,
Qui l'a blessé par sa guigui.
Les hommes à leur tour le pren-
nent
Et par la Ville le promenent,
Où chacun boit à sa santé,
Et chacun dans sa gayeté
Recommencent tout de plus belle,
Viue le Roy, viure Broussel.
Les coups de mousquets continus
Faisoient qu'on ne s'entendoit plus.
Enfin auec magnificence
Il est conduit à l'Audience,
Où l'on rend en suitte vn Arrest,
Tendant à ce que s'il luy plaist,
Le Bourgeois quitte là l'espade,
Et deffasse la Barricade,
Bourgeois qui fut le iour suiuant
Aussi Bourgeois qu'auparauant.
A dieu Prince, au premier voyage,
Ie vous en diray dauantage,
I'entends tout bien Monsieur de
Bart
Qui nous aduertit qu'il est tard.
N'esperez pas que ie m'atreste,
Ie crains trop les coups sur la teste.

FIN